U0565736

范小青
小传

范小青，女，祖籍江苏南通，1955年7月出生于上海松江县，1958年随父母迁往苏州。1977年考入江苏师范学院（现为苏州大学）中文系，1982年毕业留校担任文艺理论教学工作，1985年初调入江苏省作家协会从事专业创作。曾担任江苏省作家协会党组书记。现为江苏省作家协会主席。第十一、十二、十三届全国政协委员。

1980年起发表文学作品，共发表、出版作品一千余万字。著有长篇小说二十一部，代表作有《女同志》《赤脚医生万泉和》《香火》《我的名字叫王村》等；中短篇小说四百余篇，代表作有《城乡简史》《顾氏传人》《嫁入豪门》等；散文随笔集多部；电视剧本一百多集（部分与人合作），电视剧代表作有《费家有女》《干部》等。

短篇小说《城乡简史》获第四届鲁迅文学奖，长篇小说《城市表情》获中宣部第十届"五个一工程"奖，另获第三届中国小说学会短篇小说成就奖、第二届林斤澜杰出短篇小说奖以及《小说选刊》《小说月报》《人民文学》《中国作家》《作家》《北京文学》《中篇小说选刊》《中华文学选刊》等多种奖项。

电视剧《裤裆巷风流记》《干部》获飞天奖。

多篇、部小说翻译成英、法、日、韩等文字在国外出版、发表。

总主编 何向阳

本册主编 何向阳

百年中篇小说名家经典

BAINIAN
ZHONGPIAN
XIAOSHUO
MINGJIA JINGDIAN

范小青 著

嫁 JIA
入 RU
豪 HAO
门 MEN

河南文艺出版社
·郑州·

一种文体与
一百年的民族记忆

何向阳 （丛书总主编）

自 20 世纪初，确切地说，自 1918 年 4 月以鲁迅《狂人日记》为标志的第一部白话小说的诞生伊始，新文学迄今已走过了百年的历史。百年的历史相对于古老的中国而言算不上悠久，但 20 世纪初到 21 世纪初这个一百年的文化思想的变化却是翻天覆地的，而记载这翻天覆地之巨变的，文学功莫大焉。作为一个民族的情感、思想、心灵的记录，从小处说起的小说，可能比之任何别的文体，或者其他样式的主观叙述与历史追忆，都更真切真实。将这一百年的经典小说挑选出来，放在一起，或可看到一个民族的心性的发展，而那可能被时间与事件遮盖的深层的民族心灵的密码，在这样一种系统的阅读中，也会清晰地得到揭示。

所需的仍是那份耐心。如鲁迅在近百年前对阿Q的抽丝剥茧，萧红对生死场的深观内视，这样的作家的耐心，成就了我们今天的回顾与判断，使我们——作为这一古老民族的每一个个体，都能找到那个线头，并警觉于我们的某种性格缺陷，同时也不忘我们的辉煌的来路和伟大的祖先。

来路是如此重要，以至小说除了是个人技艺的展示之外，更大一部分是它对社会人众的灵魂的素描，如果没有鲁迅，仍在阿Q精神中生活也不同程度带有阿Q相的我们，可能会失去或推迟认识自己的另一面的机会，当然，如果没有鲁迅之后的一代代作家对人的观察和省思，我们生活其中而不自知的日子也许更少苦恼但终是离麻木更近，是这些作家把先知的写下来给我们看，提示我们这是一种人生，但也还有另一种人生，不一样的，可以去尝试，可以去追寻，这是小说更重要的功能，是文学家个人通过文字传达、建构并最终必然参与到的民族思想再造的部分。

我们从这优秀者中先选取百位。他们的目光是不同的，但都是独特的。一百年，一百位作家，每位作家出版一部代表作品。百人百部百年，是今天的我们对于百年前开始的新文化运动的一份特别的纪念。

而之所以选取中篇小说这样一种文体，也是出于这个原因。

中篇小说，只是一种称谓，其篇幅介于长篇小说和短篇小说之间，长篇的体积更大，短篇好似又不足以支撑，而介于两者之间的中篇小说兼具长篇的社会学容量与短篇的技艺表达，虽然这种文体的命名只是在 20 世纪的七八十年代才明确出现，但三四十年间发展迅速，其中的优秀作品在不同时期或年份涵盖长、短篇而代表了小说甚至文学的高峰，比如路遥的《人生》、张承志的《北方的河》、莫言的《透明的红萝卜》、韩少功的《爸爸爸》、王安忆的《小鲍庄》、铁凝的《永远有多远》等等，不胜枚举。我曾在一篇言及年度小说的序文中讲到一个观点，小说是留给后来者的"考古学"，它面对的不是土层和古物,但发掘的工作更加艰巨,因为它面对的是一个民族的精神最深层的奥秘,作家这个田野考察者,交给我们的他的个人的报告,不啻是一份份关于民族心灵潜行的记录,而有一天,把这些"报告"收集起来的我们会发现,它是一份长长的报告,在报告的封面上应写着"一个民族的精神考古"。

一百年在人类历史上不过白驹过隙,何况是刚刚挣得名分的中篇小说文体——国际通用的是小说只有长、短篇之分,并无中篇的命名,而新文化运动伊始直至70年代早期,中篇小说的概念一直未得到强化,需要说明的是,这给我们今天的编选带来了困难,所以在新文学的现代部分以及当代部分的前半段,我们选取了篇幅较短篇稍长又不足长篇的小说,譬如鲁迅的《祝福》《孤独者》,它们的篇幅长度虽不及《阿Q正传》,但较之鲁迅自己的其他小说已是长的了。其他的现代时期作家的小说选取同理。所以在编选中我也曾想,命名"中篇小说名家经典"是否足以囊括,或者不如叫作"百年百人百部小说",但如此称谓又是对短篇小说的掩埋和对长篇小说的漠视,还是点出

"中篇"为好。命名之事，本是予实之名，世间之事，也是先有实后有名，文学亦然。较之它所提供的人性含量而言，对之命名得是否妥帖则已显得不那么重要了。

值此新文化运动一百年之际，向这一百年来通过文学的表达探索民族深层精神的中国作家们致敬。因有你们的记述，这一百年留下的痕迹会有所不同。

感谢河南文艺出版社，感动我的还有他们的敬业和坚持。在出版业不免受利益驱动的今天，他们的眼光和气魄有所不同。

2017 年 5 月 29 日　郑州

目录

上部

引子

什么豪门呀，寒门吧。 寒门也够不着，人家寒门还出学子呢。 就他们家这两位，一个66届初中，一个68届初中，连我都不如。 我还好歹混个高中呢。 这两人也够倒霉的，都下了乡。 其实可以试试留一个照顾老人的，但两个人都要表现自己进步，何况是全国山河一片红呢。 老人呢，心里很想让他们留一个下来，但也不敢，什么家庭成分啊，敢乱说话，敢乱提要求吗。 于是两个人都下去了。 本来大家以为这两兄弟应该是下放在一起的，互相也好有个照应，但结果这两个人没有在一起。 那时候倒是显示出他们比别人聪明一点。 他们说，两个在一起，有朝一日有出头希望的时候，这个希望给谁呢？ 还不是两桃杀三士。 所以说他们表现进步真的只是"表现表现"，心里全是假的，人还没下去呢，就想着怎么上来，桃树还没种呢，就想着怎么摘桃子了。 结果呢，他们连桃子的核都没见着。 桃子是有的，但轮不着他们，给别人摘去了。他们两个一直坚持到最后，实在坚持不下去了，母亲就提前退了休，让弟弟顶替了。为什么是弟弟不是哥哥呢？因为弟弟看上去比哥哥更瘦弱一点，瘦弱的人总是需要更多一点的关心和呵护。其实这是一个误区。哥哥因为个子高一点，人也壮一点，就仍然留在乡下，守望着没有希望的希望，到最后一招，就是办病退。

替那个哥哥出具假证明的人就是我妈。我妈是个医生，应该算个知识分子，但她身上有很多小市民的习气，她肯定和他们家之间有什么猫腻，就帮他们做了假的病历，做得有模有样，连化验单子都是全套的，滴水不漏，说那个哥哥是肝炎，已经很严重，有腹水什么什么的。事情办妥以后，我妈还叮嘱那个哥哥说，去派出所办户口还是让你弟弟去吧，你看上去也不像个病入膏肓的人。

哥哥和弟弟就这样回来了，回到这个生养他们后来又抛弃了他们的城市。他们坐在自己家门口的走廊上，看着小天井里荒芜的杂草，井圈的痕印，干枯的石榴树，斜倒的石笋，等等，有些感慨，有些沧桑，但不是很强烈。他们现在强烈渴望的是工作和爱情。

爱情说来就来了，那就是我。

我是由我妈带进来的。我很不情愿，别别扭扭的。我妈告诉我，那可是个大户人家，好大的人家。但我想象不出有多大。我妈拽着我走进一条很深的小巷，一直快走到底了，我怀疑前面还有没有路，是不是就快断头了。我妈跟我说，你这么大了还不懂，有老话嘛，南州路路通，在这个城里，就没有死路。果然我们终于找到了那扇破烂的大门。

大门上方有一块乌七抹搭烂糟糟的木板，木板上刻了三个字，字已经很模糊了，而且都是繁体字。我看了一会儿，认出了其中的一个堂字。我妈说，小妹，你没有知识，这就是赐墨堂。听我妈的口气如此的肃然起敬，好像赐墨堂是很厉害的家伙。但在我看起来，这老家伙摇摇欲坠，随时要掉下来砸人的脑袋。

我夸张地抱了抱脑袋，又往后退了几步。我知道我妈急着要我跟她进去，我偏磨磨蹭蹭不往里走，远远地停在一个地方，指着那块匾问我妈，妈，这是什么堂啊？我妈奇怪地看了我一眼。她应该觉得奇怪，我从来就不是一个喜欢多管闲事的人，更不是一个喜欢多长知识的人，我一直感觉我是一个很随意的人，当然，用我妈和我姐的话说，那不叫随意，那叫懒。嘿，懒就懒吧，与我无关的事，我懒得去问，更懒得去管，再说了，我这还有我妈，还有我姐，哪里轮得上我。这会儿我一改往日随意的脾气，站定了，对这个什么堂感起了兴趣，我妈自然是会奇怪的，但她也只是狐疑地看了我一眼，回答我说，这就是赐墨堂。我妈的口气很重，好像我早就应该知道这个什么赐墨堂，今天终于相见，我应该很激动。可惜的是，我从来没听过什么堂，更不会因为走到这个堂来就激动了。我懒洋洋地说，什么是赐墨堂呢？我妈说，赐，这个字你都不理解吧，就是从前皇帝赏给别人东西，墨呢——我说，墨我知道，就是那一条黑黑小小的东西，磨出来的水也是黑黑的，蘸着写毛笔字的。我妈说，冯小妹，你可别小看这幢老宅子，他们宋家多少代人的光耀都在这里了，皇帝赐给他们祖先一段墨，所以这幢大宅就叫个赐墨堂。我"扑哧"一声笑了起来，说，嘿嘿，也不怎么样嘛，就赐了一段墨，这皇帝也够小气的，这老宋家祖宗也够没面子的，哪怕赐个砚台，赐一本书，也比赐一段墨强呀。我妈说，那是皇帝赐的，赐什么都是很厉害的。我妈咽了口唾沫，换了口气，又说，小妹，你现在还不懂，等以后你就会知道了，宋家可不是一般的人家。我妈站定了，和我解释了半天，最后她才从我的脸色上察觉到了我的意图，说，我说呢，一个不学无术的小孩子，怎么关心起赐墨堂来了。过来一拉我的手说，别想花招再磨蹭，早晚得进去。

我们穿过头顶心"赐墨堂"三个字，进了大门，又一脚高一脚低地穿过一个很长很狭窄又很昏暗的弄堂，最后我妈推开一扇摇摇欲坠的旁门。旁门生了锈的铰链发出的吱嘎声把我的耳朵都绞痛了，我朝里一探头，说，哧，这就是大户人家？

我妈一手扯着我的胳膊，另一只手对着空中画了一个大圈子，说，从前，这整个大宅子都是他家的。我翻了翻白眼，反唇相讥说，从前老地主刘文彩家的庄园有多大？我妈"呸"了我一声，不理我了，拉着我就站到了他们家的小天井里。

他们家的天井真是很小，屎眼样，院子的墙壁也很恐怖，斑斑点点，有发霉的青苔，还有一些不知名的枯藤爬在上面，只有一棵芭蕉，虽然不大，却长得郁郁葱葱的。他们家的屋子也很小，很破烂，像旧社会的穷人家，虽然一字排开有三间，但三间屋子都很拥挤，里边堆满了乌七八糟的旧家具破烂货，也不知道是些什么东西，他们家的人就在那些东西的夹缝中钻来钻去，而且他们的动作很轻盈，幅度又小，都是无声无息的，像蟑螂一样潜伏和滑行在这个阴森森的老宅子里。

当然这些都是我以后才渐渐发现的，现在我还没有走进这个家，我只是被我妈紧紧拽在小天井当中。我看到有两个长相很像的男人坐在走廊上，这两个人很像，但一个戴眼镜，一个不戴，两个人的轮廓和身材也稍有区别，一个比一个大一点，一个比一个小一点。

这就是我说的那俩兄弟。他们看起来很老相，头上稀毛瘌瘌，脸色如丧考妣，要谈对象了也没有一点点喜气。他们毕竟多年在乡下吃苦，饱经沧桑了呀，我应该理解他们，但这跟我心目中要谈的对象差太远了，我一眼就没看中他们，还觉得很逆面冲。我很生气我妈竟要把我介绍给他们中的一个。一气之下，我用力甩开了我妈的手，说，这么老！我妈赶紧"嘘"一声，又狠狠地剜了我一眼，憋着嗓音说，你不撒泡尿照照自己。

我怎么啦，我比他们年轻，比他们有活力，还有，最重要的，我的运气也比他们好一点，至少我没有到乡下去做几年农民再回来。 当然我的运气也只能跟他们比比而已。 那个时候，就算留在城里，也没有多好的果子吃。 我被分配在一家砖瓦厂当工人，砖瓦厂就是生产砖头的，到处都是黑乎乎的，跟煤矿工人也差不多。 过去听人家说，煤矿工人的老婆小便都是黑的，我们做砖头的也差不多少，冬天我擤出来的鼻涕是黑的，有时候我哭了，眼泪也是黑的。 在这样的单位工作，我能不哭吗，我隔三岔五地淌一点黑眼泪，脸弄得像个要饭叫花子。

后来我费心在厂里观察了一阵，想找个轻松干净点的活，那也不是没有，比如科室干部，坐办公室的，哪怕打打算盘，收收信件，给领导撩一撩门帘都可以，但我知道那轮不上我。 研究来研究去，最后我觉得还是推板车的活爽快些，也干净一点，至少呼吸的空气不是黑的。 我就要求领导给我换工种，我说我要推板车。 开始领导根本不同意，说没有女孩子推板车的，我左缠右磨，最后他们无奈地同意了，但我在他们心目中就有了一个对工作挑肥拣瘦的不好的印象。

后来的事实证明，厂领导的想法是对头的，从来没有女孩子推板车，是因为女孩子根本就推不动装满了砖头的板车。 我头一次试着推的时候，不仅车子纹丝不动，反倒把自己推了一个跟斗，我气得说，像死猪。 板车班组的工人笑话我说，你说这里有几头死猪？ 他们开始对我还不错，也想照顾我一点，少装一点，但即使装一半我也推不动，后来没办法了，我就想办法，反过来，在车上套上绳子，绳子背在肩上，像驴和牛那样拉车，但还是拉不动。推板车的男人嫌我碍手碍脚，影响了板车班组的荣誉，特别是我们的板车组长，看见我就朝我翻白眼，叫我小姐，还叫我走开。但我不走，我是板车组的人，后来他们拿我没办法，我的活就由他们每人带一点带掉了。于是，我被全厂的人叫作板车小姐。那时候小姐这个称号是很难听的，资产阶级娇小姐的帽子一旦套上了，几十年都拿不掉人家对你的偏见。我努力想改，但是我又吃不来苦。好在许多年以后小姐的含义变了，小姐成了时髦的叫法，可惜那时候，我早已经是小姐她妈了。

所以，当我瞧不上那两兄弟时，我妈就叫我撒泡尿照照自己，一个推板车的，还能怎么样？

但是就算我照清楚了自己，我还是觉得自己比他们强。一看这两人坐在那里死沉沉的样子，面目呆滞，眼睛发定，像从棺材里倒出来的，我就气不打一处来，我想说话，想攻击他们一下，可我妈不许我说话，我就走到井边朝着井下说，死样。

他们家这口井的井围很小，水倒蛮清的，还能看见我两条小辫子一晃一晃的，我"咻"地笑了一声，说，比我们家门口的井小多了，我们那是三眼井，井围有那么大，我做了一个手势。他们听了我说话，只是无声地笑了笑。我知道他们并不觉得好笑，只是表示礼貌而已，这就是装模作样的大户人家吧。 我妈批评我说，这是一家人用的井，用得着那么大吗？ 不知道我妈为什么天生要拍他们家的马屁，我妈这样的人，是很势利的，要拍也应该拍拍干部或者别的什么有权势的人，不知我妈哪根筋搭错了，才决定了我的命运的走向。

两兄弟就这样死沉沉地坐在走廊上，只是看到我们进来的时候，稍微欠了欠身，过了好一会，在我对着小井骂了声"死样"以后，其中有一个才站了起来，对着屋子里说，妈，她们来了。 我一直模模糊糊没有记住站起来说这话的是哪一个，是哥哥还是弟弟，但是我也一直没有忘记一个人说了这句话，完全是一个小孩子在向大人求助的口气，我差一点又要说话，这时候他们的妈妈就从屋里出来了。

下面的事情，就由他们的妈和我的妈商量，跟他们两个好像没有关系，跟我也没有关系。 两个妈谈了一阵后，他们的妈就对我说，小冯啊，来看看我们的家吧。 她引着我向左边的一间过去，我偏要往右边一间去，我说，先看看这边一间吧，这一间干净一点。 她笑眯眯地说，小冯，你搞错了，右边的这一间，是别人家的。 我朝我妈看看，我妈说，本来是他们家的嘛，只是暂借给别人住住罢了。

也许我妈看到我的脸色不好看了，赶紧把我拉开来，直截了当跟我说，他们两个都没找呢，你喜欢哪一个？ 不等我开口，我妈又急吼吼地说，我看就老大吧。 我说，我不要，他有肝炎，肝都腹水了。 我妈急了，说，你有意气我，你知道那是假的。 我说，我不知道是假的。 我妈说，那，就老二。 我说，我不要，四眼狗。 我有意放开眼睛转动身体尽情地打量他们的院子和房子，说，这房子，从前是用人住的吧。 我妈又过来拉扯我，倒是他们的妈比较大度，耐心跟我解释说，小冯，这是大宅里的偏厅，不是用人住的，是客人住的。

我们说话的时候，他们兄弟两个一直坐在走廊上，一个在看书，另一个在发呆，始终不参与我们的谈话。 等到我们要走了，那个小一轮廓的弟弟却忽然跟我说，这本书你要看吗？ 他把他手里的那本书递到我眼前，我一看，是《基度山伯爵》，没听说过，我不喜欢看书，何况这书名五个字里就有三个字我觉着眼生，我根本就不想要他的书，也不想理睬他们。 可我妈手长，一伸手就接过去了，说，我们家冯小妹最喜欢看书了。 又把书塞到我的手里。 我知道我妈要给他们面子，我也就勉强给了我妈一个面子，接下了这本书。

这个弟弟挺吃亏的，他借给我书，结果我却嫁给了哥哥。

我要嫁给哥哥，他们哥俩就不能再同住一间屋了，只能在小天井里搭建一个简易的房子，让弟弟住。 在搭建的时候，和隔壁那家人吵了起来。 其实说吵起来也不太符合实际情况，因为这架其实只有一方在吵，就是那个借宋家房子住的老朱。 老朱一家三口齐上阵，不光夫妻俩上蹿下跳，连他们那个小不丁点的儿子，一边吸溜吸溜地抽着鼻涕，一边嘴里不干不净、骂骂咧咧的。 我看不惯他那种小流氓的腔调，骂了一声小杀坯。 但他们吵得厉害，没听见我骂。

吵架的这一方是没有多大声息的，兄弟俩一声不吭，他们的妈妈则耐心地跟老朱家解释，说哥哥要结婚了，弟弟没地方住。 老朱家不讲理，说，你们结不结婚跟我们没关系，你们搭了这个房子，天井就更小了，我们怎么过日子。 当时我也在场，我看不过去，跟他们计较说，你们不要眼皮薄，我们是结婚的大事，如果你们儿子结婚，你们也搭一间好了。 他们的小杀坯儿子才八岁，我是呛他们的，不料我这一呛，却呛醒了他们。 结果他们也在小天井里搭了一间，才算太平了。 这是再违章不过的违章建筑。 不过那时候谁也没想到，后来这两个违章建筑会让我们占到大便宜。

我结婚前几天，我爸回家了，他给我带了一只樟木箱，是他自己砍的树，自己打造的，虽然造得粗糙，但毕竟有樟木的香。 这个散发着浓浓香味的樟木箱让我知道了体面，我的女友和同事来我家看我的嫁妆，他们看到樟木箱，都很羡慕我，明明香味四散开来，满屋子都是，他们还凑到箱子跟前去闻，说，好香啊，好香啊，这就是樟木箱哎。 我爸在一边比我还受用，说，在我们林场，每天都能闻到樟木香，还有其他许多树香。

我爸原来在农林局当个小官，前几年被打倒了，下放到一个林场去劳动改造，后来又没说他有什么问题，就地安置了，当了林场的副场长。 那时候林场的活就是砍树，我爸身先士卒，带头砍树，还创造了一种冯氏连轴砍树新法，把砍树的产量提高了一大截，我爸成了劳动模范。

我爸给我的樟木箱夹在他们家的旧家具中，我看着很养眼，也很舒心，我的樟木箱鹤立鸡群，十分骄傲，相比之下，他们家的旧家具是那么的寒酸，那么的灰头土脸。

我爸也围着樟木箱看了看，他的神态起先也和樟木箱一样骄傲，但后来他的脸色有点变，他小心翼翼地蹲下来，凑到一只很不起眼的小茶几跟前，先是左看右看看了半天，接着就伸出手去抚摸，我起初以为他只是摸一下而已，哪知他那只手搁到茶几上就不肯拿下来了，摸过来摸过去，横摸过来竖摸过去，从上摸下来，又从下摸上去。看他那急吼吼的样子，我也忍不住朝那小几子瞥了一眼，那小茶几简简单单，也没有雕什么花，而且面目很丑，就是四条腿撑一块板这么简单，灰头土脸的，都不如我们家新买的夜壶箱神气。可我爸像着了魔似的，呢呢喃喃地，又自问自答、自我怀疑地说，这是鸡屎木？不会吧？难道真的是鸡屎木？

我"噗"地笑了一声，说，爸，你们林场有鸡屎木吗？我爸脸色严峻地说，没有的，我们这地方长不出鸡屎木。我爸咽了口唾沫，扯了扯我的衣袖，神神秘秘地跟我说，小妹，你家里有好东西。他的角色换位真快，已经把这个家叫成"你家"了，喜酒还没有开宴呢，他已经跟我一刀两断了。我妈在外面喊我，我爸赶紧就对我说，你妈喊你，你快出去吧。我感觉出我爸想要支走我，我见爸的神色模样有点古怪，就没搭理我妈，守在我爸身边看他要干什么。结果看到我爸动作十分迅速，环起胳膊就将那鸡屎木茶几一抱。我爸在林场干过活，力气好大，那茶几在他怀里像一团棉花，我爸抱了一会儿，舍不得放下，但因为我站在一边紧紧盯着他，他有点难为情，就放下了。我爸一放下，我就运足力气上前一试，结果那一身的力气白运了，没想到那鸡屎木茶几竟然轻飘飘的，我不由得泄了气，鄙视说，屁轻，不是什么好东西，烂木头罢了。我爸立刻正色地说，小妹，东西并不是越重越好的。我反唇相讥说，那是越轻越好啦。我爸说，反正，鸡屎木就是轻的，如果是轻的，就是鸡屎木。停了一下，又压低嗓音，鬼鬼祟祟说，小妹，我告诉你，真正的鸡屎木就是轻的，就是好东西。

这有点出乎我的意料。我爸怎么变得像我妈那样鬼里鬼气、小肚鸡肠，看他说"好东西"时那馋样子，口水都差点淌下来了，比我妈说"大户人家"的口气还馋，我心里有点瞧不起他了，我抬手对着空中画了一个圈，说，难怪你们要把我嫁入豪门——屁眼大的豪门。

我说粗话，我爸竟一点也没在意，他还点头赞同我说，是豪门，是豪门，屁眼大也是豪门。

一

说了这么多，有一大半都是废话，因为一直在讲一些无关紧要的人和事情，真正的主人公，到现在还没有登场呢。

前边他只是露了露脸，还没有说过一句话呢。

不过，你们别替他着急，他自己都不急，你们急什么。

我可以告诉你们，这个人是一辈子都不会着急的那种性格，这就是我嫁的人。

我一个急性子的人，要跟他过一辈子，现在回想起来都后怕。可谁让我当初急着嫁人呢。当然，后怕是后怕，以后几十年的日子也会一天一天过下去的，结果只有两种，一是离婚，一是不离。不过现在还没到那时候，时间还早呢，我才二十五岁。

第一天早晨起来他就跟我说，小冯，你晚上睡觉磨牙，是不是有蛔虫啊。婚都结了，还叫我小冯，好像我没有名字似的，不知道是不是因为他妈头一次见面时喊我小冯，他后来也就一直喊我小冯了。不过我也会不客气的，我说，老宋，你睡觉说梦话。他笑了笑，好像知道我是在报复他，没有跟我计较。我刷了牙，把牙刷朝杯里一插，他看了看，就把它倒过来重新插到杯里。我看不明白，说，你干什么？他又慢条斯理地说，小冯，牙刷用过了，要头朝上搁在杯里。我看了看他，又看了看牙刷，说，为什么？他说，牙刷头朝下，就会一直沾着水，容易腐烂，容易生菌。我说，把茶杯里的水倒干了，牙刷就浸不到水了。他说，倒得再干，也总会有一点水积在杯底的。我说，这是你们大户人家的讲究？他说，无论什么人家，都应该这样的。等我洗过脸，挂了毛巾，他又过来了，我赶紧看看我的毛巾，我那是随手挂的，等于是扔上去的，当然是歪歪斜斜，确实值得他一看。他看了后，就动手把毛巾的两条边对齐了，然后退一步看了看，又对了一下，那真是整整齐齐了。我说，怎么，两边不对齐容易腐烂吗？他说，不是的，两边不对齐，看起来不整洁。

我很来气，我说，老宋，你是嫌我没有家教是不是？他和气地跟我说，我没有嫌你没家教，你怎么会没有家教呢？他说得倒很真诚，可我怎么听也像是在挖苦我，也可能是我自己心虚。虽然我爸我妈都是有点儿知识的人，但我家里从来没有家教，他们都忙于工作，没有时间做家教。我心虚了一会儿，看着老宋一动不动的后脑勺，渐渐地又来了气，看起来他还真以为他家是什么大户人家了，竟如此不知道谦虚。我说，你不看看自己的家，还嫌我不整洁。他说，这也是你的家。他一边说，一边弯腰把我脱在门口的鞋转了个向，朝里，摆正了。见我瞪眼，他又说，这不是腐烂和生菌，主要是习惯，一个家庭养成一种习惯，总是有道理的。我说，摆鞋子还有什么道理？老宋说，鞋头朝里放，人能够安心地待在家里，鞋子朝外放，人就会经常在外面奔波。我"噗"地喷笑出来，说，原来大户人家的规矩就是封建迷信啊！老宋说，这不是封建迷信，这是心理作用，小冯，你年纪轻，可能还不大知道心理暗示的作用。我朝他翻翻白眼，他没有看到，继续说，刚才是说自己家人放鞋，如果来了客人，就应该朝外放——我打断他说，对的，朝里放了，客人就赖着不走了。老宋点点头说，客去主人安。

　　说到客，客就来了。我没想到，来的竟然是我的客，是我的厂领导。我结婚的时候，很想请我们厂领导参加，想给自己长点脸。但是领导怎么会来喝一个板车小姐的喜酒呢，我说也是白说，请也是白请。可奇怪的是，我的婚假还没有结束，我们领导却集体登门来拜访了，还带了贺礼。进门的时候，他们看了看我家的地板，说，哟，这是老货，我的鞋底有钉，别踩坏了，换拖鞋吧。我希望老宋说，不用了不用了。可老宋偏不说，他们就只得手忙脚乱地换鞋，把脱下来的鞋乱扔，我怕老宋当着他们的面去替他们摆鞋，丢我的脸，趁他们和老宋寒暄时，赶紧用脚把他们的鞋子都踢成鞋头朝外的摆式。不料老宋还是不满意，因为我踢得不太整齐，有点斜，他过去重新摆齐了，才坐下来说话。

　　我满脸燥热，不敢看我们领导的脸，不料我们几位领导坐下来就异口同声说，到底是大户人家，不一样。我没能听出来他们到底是赞扬还是挖苦，也不知道他们说的"到底"是到底在哪里，我只是朝老宋瞪眼，心里想，下次你有客人来，我让你有好瞧的。

　　不知是不是因为鞋子摆放的原因，我们领导稍坐了一会儿就告辞了。临走时，领导跟我说，小冯啊，我们商量过了，等你婚假结束，给你换一个岗位，一个年轻女同志，拉板车肯定是不对的，你调到资料室怎么样？如果你没有意见，就这么定了。

　　我简直怀疑我的耳朵或者脑神经出了问题。 我呆呆地看着他们的嘴一张一合的，又呆呆看着他们换好鞋。 我和老宋送他们出来，送出旁门，我们还要送，他们坚决不让。 跟我们挥过手，他们就走了，沿着又长又窄又暗的备弄，一直走出了这个大宅。

　　我还没有回过神来，耳朵里嗡嗡的，脑子里也嗡嗡的。我问老宋，刚才他们说什么？ 老宋说，他们说再见。 我说，不是再见，在屋里临出来时说的。 老宋想了想，说，临走时？ 也是说再见，噢，还说了早生贵子。 他脸也不红，还光想着自己的事，真的很惹我生气。 我说，你心里只有你自己，他们明明说了我的工作问题。 老宋这才说，是呀，他们是说了你的工作问题，调你到资料室工作。 我说，这怎么可能？ 老宋说，是呀，你读的书太少，资料室工作要博古通今博闻强记博学多才才行。 他的思路老是跟我走岔，我急得说，你搞什么搞，我是说他们怎么会调我到资料室去，那可是个清闲轻松人人想去的神仙界。 老宋说，小冯，你这个想法不对，说明你不了解资料室的工作性质和作用。 他还是往岔里走，但这正是我大喜过望的时候，我不想跟他生气，只是忍不住说了一句，老宋，你搞清楚，这可不是大学的资料室，是砖瓦厂的资料室，里边有什么，就几个记录怎么生产砖头的本本。 老宋说，你还是小看了它，这是很有价值的，你如果不了解，怎么能够做好你的工作呢。 我不再理睬他，我只是研究着自己快乐而又迷惑的心思，领导怎么会开恩让一个板车小姐到资料室去上班呢？

不久就有老宋的客人来了，我是个记仇的人，上次他不给我面子，这次我也不会给他面子，我蓄谋已久地等着这一天。

我守在进门的地方，就等着他们换鞋，然后我去替他们把鞋头朝外摆好摆正。我还想好了，如果他们露出奇怪的表情，我就告诉他们，这是老宋的规矩，客人的鞋头要朝外摆，否则客人就会坐在我家不肯走。我还要告诉他们，老宋说了，客去主人安。

可是我的阴谋没有得逞，老宋的客人有条有序地脱下来的鞋根本不用重新摆放，怎么脱的，它们就怎么整齐划一地鞋头朝外搁着，比老宋放的还规矩。我的妈，原来老宋的客人早就被老宋训练得中规中矩了。

过了不多久，我姐从乡下回来看我。我姐下乡十年，种了几年田，又当了几年代课老师，别的知青都回来了，她就是不回来，我妈催她，她还批评我妈思想落后。可是她来看我时，一见我面就撇嘴，酸溜溜地说，哟，结了一个婚，就从板车小姐变成资料员了，命好啊。我说，是呀，我也不知道撞了什么好运。我姐又撇嘴说，哎哟，谁不知道你嫁了个好人家。我说，什么好人家，你又不是没长眼睛，你看看这破屋子，再看看屋子里这些破烂货。我姐说，得了吧，谁不知道他家的奶奶宋乔氏。

这是我头一次听说宋乔氏。可我姐不相信，说，冯小妹，你才结婚几天，都学会装样了。说着说着她就来气了，一来气她就没完没了了，说我妈偏心，明明应该姐姐先找对象先结婚，偏偏把好事先给妹妹，没道理的。我说，姐，是你自己说要扎根农村干一辈子革命的，是你自己说要嫁给贫下中农的，妈不敢破坏你的革命大事。我姐说，呸，我知道我是捡来的，你才是妈亲生的。我说，一个秃子老宋，就这么稀罕？要不，我跟你换，你把你的男朋友给我，我把老宋给你。我姐说，你以为我不敢？

等老宋回来，我问他，你奶奶是谁？老宋说，我奶奶就是我奶奶。我说，那你为什么要瞒着我？老宋奇怪地看看我，说，我瞒你什么？我说，你奶奶。老宋，我奶奶怎么瞒你了，你难道不知道我有奶奶吗，你不是见过她吗？老宋的奶奶我确实是见过，她八十多岁了，我们结婚的时候，她特地从上海赶来，拉着我的手，往我手指上套了一个黄铜戒指，还说，长孙结婚，我是一定要来的。这就是宋乔氏？我跟老宋说，我不知道她是宋乔氏。老宋疑惑地说，宋乔氏？这有什么呢，我爷爷姓宋，我奶奶姓乔，她就叫宋乔氏，这只是我奶奶的名字而已。我气得鼻孔里往外冒气，说，而已而已个屁，你奶奶不仅是宋乔氏，她还是一座大园林、一座大宅、一口青铜大钟，还是什么什么什么什么。我说得口吐白沫，手朝着天空画了一个大圈。当初我妈带我走进这个小天井时，我也这么画过圈，但两种画法，含义是不一样的。

我唾沫星子横飞地说，老宋默默地听，他不说话，脸上也没有什么表情。我说着说着，就发现不对，无论如何，从前家里有这么多东西，老宋至少应该表现出一点点骄傲吧，但是老宋始终面无表情，我分析了一下，断定这就是他表现骄傲的一种方式。所以我有意气他说，这有什么了不起的，那时候人人都这样，都捐，我外婆把一个马桶都捐给政府了。老宋也不反驳，反而还赞扬我的说法，说，是这样的，那时候就是这样的。我真拿他没办法，这是个兵来将挡水来土掩软硬不吃的家伙，不好弄。

我也懒得去弄他，更懒得去弄明白他，既然是天上掉下来砸到我头上的好事，我还有什么好计较的，我乐得轻轻松松上班享福去。

没想到我的好事竟然还是接二连三的，换了工作不久，就落实政策了，到这时候我才知道，原来赐墨堂是被宋乔氏捐掉的，她只给自己家留下赐墨堂里最小的这一进三间屋。隔壁的那个老朱，是前几年从乡下进城到街道工作的造反派，在城里没有房子住，硬抢了一间，现在被赶回乡下去了。临走的时候，老朱老婆说，我们好几年没有种田了，现在回去种田，不知道会不会种了。老朱说，现在的事情又反过来，从前你们下乡种田，我们进城造反，现在你们回来了，我们要回去了。两个人伤心巴拉的，全没了从前那种住人房子还要欺负人的样子，连他们那小杀坯儿子，也不神气活现了，只是吸溜吸溜地抽鼻涕。

老宋把他们送到门口，居然说，要是乡下不好过，你们再回来——我在背后狠狠地掐他，他也不怕疼，仍然说，再回来想办法吧。老朱却比他有志气，说，我们不会回来了，我们也没脸回来了。一家人就走了。我说，老宋，你活该，热脸碰个冷屁股。

接下去，又有更多的好事来了，老宋的弟弟宋绍礼做了人家的上门女婿，搬出去了，这一下子家里的三开间就成了豪宅了，别忘了，天井里还有两处违章建筑呢。其实那老朱很笨，他至少可以把他那间违章建筑的材料拆了带走呀，那可是他自己出钱搭的，不是抢我们老宋家的。老朱大概气伤了心，精明人也变糊涂了，就把这违章建筑白送我们了。

到这时候回想起来，我妈虽然有点俗气，却还是有些眼光的。

天下雨了，我搬了一张藤椅，坐在我家的走廊上，架起二郎腿，看着雨打芭蕉，心里得意，就晃悠晃悠地摇起藤椅来。哪知这藤椅太不经摇，没两下子，"啪"的一声，椅腿断了，我摔在地上，屁股撞得好疼，又觉丢脸，不好意思喊出声，只有嘴里"咝咝"地抽冷气。我婆婆听到声响从屋里出来，看到我狼狈不堪坐在地上，显然想笑，但她是有礼数的，没好意思笑出来，忍了笑说，小冯，摔疼了吧。这不是废话吗，活生生地从椅子上摔到地上，能不疼吗。我悻悻地爬起来，说，什么破椅子，早该更新换代了。我婆婆笑了一笑，没有接我的话茬，只是把破椅子扶起来，看看它折断了的腿，说，找绳子绑一绑还能用，坐的时候小心一点。真是有其子必有其母。我不服说，你们家宋乔氏把那么多东西都捐掉了，这些破玩意儿倒舍不得扔了。这回轮到老宋回答我说，该走的走，该留的留。这不等于放屁吗？

说话间就开饭了，我顾不得再生气，今天有一道笋瓜炒肉丝，是我喜欢的，不客气地夹起来又咬又嚼，真是又脆又香，打嘴不放。开始我也没觉着有什么异常，但吃着吃着，我渐渐感觉有什么地方不对头，身上像是长了刺似的不舒服，我一边吃，一边四下看看，没发现什么异样，再看看，仍然没有什么异样，大家都闷头吃饭，能有什么异样呢。但我仍然觉得身上长刺，这刺一直长到了我的喉咙口，让我咽不下饭去，我只好停下来。这一停顿，我恍然醒悟，原来异样不是出在别人身上，是出在我身上，我吃饭和他们吃饭不一样，尤其是咬嚼笋瓜这样的食物，我尽可能咂巴咂巴，才能咬嚼出它的滋味来，才能吃个痛快。而他们吃饭，他们咬嚼，完全是没有声音的，只是抿嘴蠕动，这时候我才想起来，老宋先前也跟我说过几回，说他们小时候，吃饭出声是要被大人骂的，我这才知道原来他是在提醒我，要纠正我。可我偏不信了，稍停顿以后，我重新开始咀嚼，咂巴得更响更爽。可我咂巴得再响，对他们也没有影响，他们仍然不出声地咀嚼着坚硬嘣脆的食物，我仔细盯着他们的嘴看，我的妈，这不就是兔子吗，兔子就是这样吃东西的嘛，他们的嘴像极了兔子嘴，我忍不住就“扑哧”一声喷笑出来，将满嘴的米粒喷了一桌子。 他们不吱声，也没笑，我婆婆拿来一块抹布，将桌上的米粒擦干净。 继续吃的时候，我很想示威性地加大咀嚼的力度和幅度，可是我发现我发出的声音沉闷了，低哑了，怎么也咂巴不出先前那气势来了。 我心里的气无处撒，扒完了饭就起身走开，恰好看到墙角那鸡屎木小茶几，过去便踢它一脚，说，就你是个该留的。 结果踢痛了自己的脚。 老宋笑眯眯地看了看我，说，老话说，一怒之下踢石头，踢痛自己的脚指头。

二

就是这个被我踢过的鸡屎木小茶几，我爸对它可是垂涎三尺，我早就知道。 在我结婚前，我爸头一次来到我的新房，我就看出来了。 我结婚以后，我爸每次从林场回城，都要来看我，开始我还自作多情，以为我嫁人了，我爸舍不得我呢，后来才渐渐发现，他不是来看我的，他是放不下我家的鸡屎木小茶几，但是他没有理由来拿我家的鸡屎鸭屎。

后来我才知道原来他许多年来一直伺机守候着。

后来终于给他找到了一个机会。 那时候我女儿妞妞三岁，到了上幼儿园的年纪，我挖空心思找关系，要联络幼儿园园长或老师，结果把枯肠搜索尽了，也没有找到一鳞半爪的关系。 我问老宋，老宋想了想，说，没有这层关系。 我又找老宋他妈，我婆婆的神态和口气都和老宋一样，想了想，说，没有这层关系。 我来气，说，那就让妞妞上个街道幼儿园算了。 他们娘俩不作声，我算是将了他们的军，但其实也是将了我自己的军。 正犯愁犯难的时候，我爸从林场回来，没有回他的家，直接到我家门上来了，说，小妹啊，你没有忘了吧，妞妞今年要上幼儿园了。 我朝老宋和他妈看了一眼，说，我正准备到街道幼儿园给妞妞报名呢。 我爸一急，说，小妹，你这是对孩子不负责任啊。 我说，我倒是想负责任，可老宋家没有这层关系，我也怪不着他们，我自己也没有这层关系。 我爸满脸通红，兴奋地说，可是我有呀。谁能料到天上又掉下个大馅饼来了，我问我爸那关系跟他是个什么关系，我爸说了半天，我先就泄了气，说，原来是九曲十八弯的关系。 我爸说，虽然九曲十八弯，但是我一定会把它拉直，拉近，近到就像你我的关系一样。 我爸果然去拉关系了，关系也果然给他拉直拉近了，虽然不可能近到像我和我爸的关系那样，但至少，那幼儿园同意接受妞妞入托了。 我大喜过望的时候，不忘寒碜老宋几句，我说，唉，妞妞倒像是我爸的亲孙女儿，不像是他的外孙女儿。 他微微笑了一笑，不作声，涵养真好。

　　我爸把关系拉直了，他人却一去不来了。 我跑回娘家去催促他，我爸又扭捏起来，很不爽快，推三托四，一会儿说，不知道那个阿姨的力度到底有多大，幼儿园的园长会不会买她的账，一会又说怕那阿姨没有跟园长沟通好，万一被人家回绝了，脸往哪里放，等等等等。 本来鸭子已经煮熟了，结果我爸却绕出这么一大堆废话，分明是在告诉我，鸭子要飞走了。 我一气之下，就跑走了。 我爸却又紧紧追来了，嘴上说，小妹你跑什么呀，我打算今天就帮姐姐去办入托手续嘛。 一边说话，一边拿眼光在我家到处乱射。 我说，那你还推三托四的干什么？ 我一问，我爸支吾起来了，脸都红了，似乎有什么话要说，却又说不出口，但是他管不住自己的眼睛，我看他心中有鬼的样子，就起了怀疑。 我顺着他的目光看了一看，又想了一想，就恍然大悟了，说，爸，你是相中了我家的鸡屎木吧，那就交换吧，你帮姐姐入托，我把鸡屎木小茶几送给你，别说鸡屎木小茶几，就算有鸭屎木大茶柜，我也给你。 我爸有点难为情，说，小妹，我可不是和你做交易，哪有替外孙女办事还要讲条件的，这算什么外公呀。 我捉弄他说，那你是不要我们家的鸡屎木？他又急了，说，我也没有说不要，你要是放在家里嫌累赘，就放到我那儿去好了。 你瞧我爸，也够虚伪的，明明想那鸡屎木小茶几，还说是我嫌累赘。 不过要说我嫌累赘也没错，我对我家的许多旧东西烂货都恨不得除之而后快，既然我爸喜欢鸡屎木，给了他也罢。

　　我爸轻轻一抱就把鸡屎木小茶几抱起来了，我不知道我爸为什么这么馋它，不过我也没想去深究，一是因为我天生懒，二是因为我爸这人天生古怪。 你看他满脸通红的，似乎觉得有点理亏，又啰里吧唆道，小妹，你可别以为亲生父女还做交易，小妹，就算你不给我茶几，我也要帮姐姐入托的，反过来说，就算我不帮姐姐入托，你也会把茶几给我的。 我说，凭什么我会给你。 他居然说，我想它都想出相思病来了，我都瘦了十几斤，做梦都梦见它。

我爸爸就这样把鸡屎木小茶几搬走了。 这鸡屎木茶几在我家平时也派不上什么用场，就随意地丢在屋角落里，不显眼的。 它在不在那位置上，不细心的人是不会关注到它的。但老宋是个细心的人，我担心他回来后向我追问鸡屎木茶几的下落呢，可奇怪的是，那天晚上老宋回来，似乎根本就没在意小茶几不在了，或者他明明知道了，就偏偏不问我？ 当然，他不问，我才不会主动跟他说呢。 老宋上了床倒头就睡，我也就释然了，也有理由劝慰自己了，本来嘛，一个小破茶几，我犯得着那么紧张吗？

哪里料到，第二天一早，我一开门，竟然看到我爸抱着那鸡屎木站在门口，像个挨批斗的走资派，丧魂落魄的样子，双手把鸡屎木紧紧搂在怀里，嘴上却说，小妹，鸡屎木还给你。 我一急，说，爸，你不能反悔啊。 我爸说，小妹，你放心，姐姐的事我已经办好了，但是鸡屎木我不要了。 我不知道他搭错了哪根筋，问他，他也不说，放下鸡屎木就走。 我追到天井拉住他问，他才说，我昨晚一夜没睡，心里堵得慌，好像要发心脏病。 我说，爸，你不是心脏病，你是心病吧。 我爸说，我做了个梦，有个人托梦给我，说那鸡屎木不是我的，我不能占有，我一急，就醒了，觉得很不受用，还是物归原主吧。 我说，你梦见的是谁，不会是老宋吧？ 我爸想了半天，恍恍惚惚摇头，说，不记得，没有看清楚，有没有脸都不知道，但反正是有一个人，他跟我说的。

我回头看看，老宋若无其事在水龙头那儿刷牙呢，怪不得鸡屎木小茶几不见了他也不着急，他是不是早就知道我爸会乖乖地送回来？

我原来就知道我爸古怪，一个人有点特别的脾气，那也不能算不正常。但我没想到我爸的古怪后来会发展到如此那般。自从抱走了我家的鸡屎木又主动还回来以后，他就像变了一个人。不说别的，单说他的工作吧，从前他是天天砍树，为了砍得快砍得多，他还发明了冯氏连轴砍树新法，现在他不再砍树了，他开始种树，天天种树，每次见到他，他都是在说种树，看他这阵势，过不多久，他就会从一个砍树模范变成一个种树模范了。我跟他说，爸，你昨天砍下来，今天又种上去，不都白忙了？我爸却说，砍有砍的道理，种有种的道理，不一样的。我说，你是不是又要发明冯氏连轴种树新法加快种树？我爸说，我现在不仅要讲速度，更要讲质量，我正在研究南木北种。我没听懂，也不想弄懂，就懒得追问了。

许多年以后我才知道，我爸自从退还了我家的鸡屎木茶几以后，受到了很大的打击，消沉了一阵之后，他鼓起了战斗意志，决定在林场试种只能生长在南方的鸡屎木，他决心拥有一件自己亲手栽种亲手打造的鸡屎木小茶几。后来我老爸老了，再也种不动树，更砍不动树了，他躺在藤椅上回忆往事的时候跟我说，我那时候真是利令智昏啊，我明明知道金丝楠木只能生长在南方，我还偏偏要叫它在我们林场长出来，我又明明知道金丝楠木的生长期很长，到旺盛期要六十年，即使栽种成功，等它长成了，我已经一百几十岁了，我能活那么长吗——这都是后话了，等以后有机会时再说吧。

我当时还年轻，甚至还不知道鸡屎木是个什么东西，更不知道我爸独自一人在林场发狠发飙跟我家的鸡屎木小茶几有关，我只关心我的女儿姐姐，最后如愿以偿让姐姐上了一家还说得过去的幼儿园，我就心满意足了。

但是马上我姐就来了，我姐来了后，我的日子就要发生一些变化了，我心满意足的日子也差不多到头了，这是肯定的。我姐是一根搅屎棍，她不仅搅自己，还喜欢搅别人，连一些与她无关的人和事她都爱搅和，就更别说我是她的亲妹妹了。

不知道是不是因为我嫁了个"好人家"这个事刺激了我姐，本来准备在农村待一辈子、嫁给农民做老婆的姐姐在我结婚后就迅速回了城，迅速搞定了工作，又迅速嫁了人。那是一个干部子弟，好多年一直在追我姐，可我姐因为闹革命，一心想嫁给农民，一直不理他，后来又突然回头找他。那时候他其实已经绝望，刚刚开始了一段新的恋情，可是架不住我姐的一个眼神，他乖乖地抛掉了新恋人，投入我姐的旧怀抱了。

我姐叫冯美丽，她一生下来，护士一看见她的小脸，就叫喊起来，哟，好漂亮一个丫头噢。当时我爸脱口说，那就叫个美丽吧。 躺在产床上的我妈表示赞同，我姐就叫了这么个美丽的名字。 等到我出生了，我爸我妈可犯难了，想跟着我姐排名一个美字，可怎么排都不满意，美华，美英，美娟，美什么，美什么，美什么什么也没有美丽好，我爸我妈想得都不耐烦了，说，先叫个小名吧，等想到好的再改过来。 我爸我妈真是一对不负责任的爸妈，此后他们再也没有考虑过我的大名，结果我就一直叫个冯小妹，这么多年我也曾经气愤地想给自己改名，但想来想去也想不出个和冯美丽差不多或者至少差不太远的名字，我也是个不负责任的人，就任自己叫个冯小妹了。 唉，不说我了，说我我自己都来气。 还是说我姐吧。

我姐名字好，气质好，高贵样，从小就是个骄傲的公主，到哪儿屁股后面都有一群人追着讨好拍马屁。 我姐嫁了干部子弟后，马上就鸟枪换炮了，她来看我的时候，说，小妹，我家卫生间的地毯你知道什么样吗？ 我不知道。 我姐又说，那毛有多长你知道吗？ 我也不知道。 我姐就比画了一下，等我看明白了，她又说，光着脚踩上去是什么感觉你知道吗？ 我哆嗦了一下，说，痒，肯定痒死了。 我姐说，是呀，从前一个农妇想象皇后的幸福生活，说，她肯定在吃柿饼。 我说，柿饼我也喜欢吃的。 我姐说，冯小妹，我知道，你虽然表现得无所谓，但你心里不服我呢。 她倒是看得到我的心灵深处呢，看她那牛烘烘的样子，我心里还真不怎么服，想，哼，别以为你干部人家就怎么了得，老话说，饿死的骆驼比马大。 我正这么暗自安慰着自己，我姐就来破灭我的梦想了，说，老话到底是没道理的，到底饿死的骆驼也没马大。

我把姐姐的话转达给老宋，老宋听了，慢慢吞吞地说，马也会死的。 我听了，气了一会儿，又觉得好笑，老宋的话似乎也有点道理，我就笑了一声，但听着自己干巴巴的笑声，我又来了气，说，马当然也是要死的，可是骆驼已经先死了，而且是饿死的，马呢，说不定是胀死的。 我这话，傻子也能听出来，那是有意说给老宋听，有意刺激他的，可老宋说，饿死和胀死，还不都是一个死。 我说，那你是愿意饿死还是愿意胀死？ 老宋说，活得好好的，说什么死不死，我才不愿意。 噎得我一口气堵在心里，闷了半天也没有找到渠道泄出来。

马无夜草不肥，人无横财不富，我姐家的横财也不知道是从哪里来的，反正我总觉得太快太神奇，似乎只是一夜之间，我都还没睡醒呢，我姐家就已经应有尽有了。 房子小的换大，家具旧的换新，家电一应俱全，有了录像机以后，我姐他们经常呼朋唤友到他家欣赏外国电影，有一次我姐也叫我去。

我到得早，其他客人都还没到呢，我进去的时候，我姐夫正在客厅里，他看也不看我一眼。 人家都说姐夫惦记小姨子，可我这个姐夫，心里只有我姐，因为我姐太牛了，我呢，又太怂了。 那时候他正在打电话，哇哇啦啦说，没问题，包在我身上，对，都说妥了，六百台，就是六百台，一台也不会少的！ 我悄悄问我姐，什么东西六百台啊？ 半导体收音机吗？ 这么多哇！ 我姐说，是冰箱。 我晃了晃身子，眼睛都模糊了，我姐夫一下子弄六百台冰箱，我怎么不要晕过去，那时候别说我们家，就是我们领导家里，也都没有电冰箱呢。

我被六百台吓晕后又醒过来，脑子也清醒了，我鼓了鼓勇气，跟我姐说，我也想要一台。 我姐说，冯小妹，你不知道行情吗，你没听说过冰箱票有多难搞噢？ 我听说过，所以我立刻就蔫了，低了头不吭声。 我姐又大度地安慰我说，不过小妹你放心，姐会给你搞的，你把钱准备好就是了。

我火急火燎跟老宋商量买冰箱的钱，老宋说，买冰箱就买冰箱吧，这么着急干什么。 我说，老宋，天大的事，到了你嘴里，就成了一个屁，气死我。 老宋笑道，小冯你说话比较夸张，第一，哪来天大的事；第二，嘴里哪里有屁；第三，你还活着嘛，没有气死嘛。 我说，你别以为我不知道你心里想的什么。 老宋说，我心里想的什么呢？ 我说，你认为我们家天井里有一口井，夏天把西瓜装在篮子里吊下井去，效果也不比冰箱差，还省电。 老宋说，这是你说的。我说，我说到你心上去了，小气鬼。 我懒得再跟他兜圈子，干脆说，你懂不懂，买的不一定就是冰箱，冰箱里装的也不一定就是西瓜。 老宋说，那是什么？ 我说，是面子。 老宋说，面子？ 面子难道是买来的？ 我说，那是哪里来的，井里吊上来的？ 终于问得老宋哑口无言。 原来他只知道面子不是买来的，但并不知道面子是从哪里来的。

　　既然老宋哑巴了，买冰箱的事就由我做主了，何况自从我一进宋家，我们家的财权就落在我手里了，可惜的是，我算来算去也算不出家里多余有一台平价冰箱的钱。 我只得去找我姐，哭丧着脸跟她说，冰箱我不买了。 我姐笑着朝我姐夫说，你瞧我们家冯小妹，就这穷酸样。 我姐夫几乎从来没有直接和我说过什么话，但这一回他开金口了，不过他仍然没有正面和我对话，只是和我姐说，她可不穷噢，她那叫守着金饭碗讨饭。 我没听懂，我姐到底比我聪明，听懂了，说，小妹，你们家那些老货，出掉一样，就够你买几个冰箱的。 我还在犯傻，说，我们家哪些老货？ 我姐说，我听爸说，你家有一个什么木的小茶几。 我赶紧说，鸡屎木。 我姐和我姐夫一起哈哈大笑起来，我听得出他们是在嘲笑我。用这么大的声音来嘲笑别人，一定是被嘲笑的人太可笑了，但我并不知道我可笑在哪里，我也没有跟他们计较，因为，在他们的大笑声中，我忽然就开了窍，拔腿就走。

　　我回家后还没来得视察老宋家的老货，忽然就断电了，姐姐作业还没做完，急得号叫起来。 我出去问了一下，才知道是同大院的一户人家新买的一个电水壶搞的。 老院子里的电线是几十年前排的，早就老化了，又超负荷，谁家一用家电，准跳闸。

　　我姐够意思，把冰箱票给我送来了，可是我说，姐，我命苦啊，就是有了电冰箱，我家也没有电供应给它用。我姐冲我直撇嘴，大有恨铁不成钢的意思。

下部

一

一直到很多年后我才知道，许多年来一直在我嘴里念叨来念叨去的鸡屎木，其实就是鸡翅木，是一种很名贵的木材，我却一直叫它鸡屎木，难怪那时候我姐和我姐夫那样嘲笑我，那也是应该，因为我无知嘛。

我年轻的时候确实很无知，不过这也不能全怪我，我虽然有一张高中文凭，但我的小学高年级以及初中和高中都没念什么书，没有学到什么知识，我大概只有小学四年级的水平，怎么不无知呢。

现在我已经不年轻了，我女儿都已经是大学生了，可我还是很无知，没办法，基础没打好，用现在流行的话说，是输在起跑线上了。不过我也没什么可懊悔的，当年像我这样输在起跑线上的又不止我一个人，更何况不是我自己要输的，那个时候，我们连起跑线在哪里都不知道。

现在我是一个大姑娘的妈了，我对自己的事情已经不那么看重，更不那么着急了，现在一切都得为我家的大姑娘着想了。 我家大姑娘马上大学毕业，要回来工作了，仍然住在从小长大的这个地方，一个小破天井，三间破瓦房，将来找对象，带回来一看，先就输人家一截。

我又着急上火，不过这一次没等我嘴角急出燎泡来，也没等我急得嘴里吐出粗话来，我们的老宅子却有了新鲜滋润的气象。 它沉没了许多年后，忽然间浮出水面来了，政府开始计划修复古建筑，赐墨堂是重要的名人旧居，那就是翘首可待了。

我们终于可以搬离这个霉湿了几辈子的小院了，在计算面积的时候，我们小天井里的两个违章建筑居然也给划拉进去了，哈，要是当年那老朱家知道有这等好事，不知会悔成啥样呢。 得到好消息的这一天，我的这个班上得就不像个班了，一上午尽坐在班上点计算器，算计着以旧换新所缺的数目。 点来点去，我知道我的缺口有多大了。 我站起来和同事小周道一声对不起就跑走了。

我回家把那鸡翅木茶几抱起来就走，到了店里，我把鸡翅木往他的柜台上一搁，那老板说，这是什么，这是什么？ 我学乖了一点，说，这是什么你自己看呀。 老板似乎有些激动，一时竟说不出话来，过了好一会儿，才喃喃道，我没戴眼镜，我没戴眼镜。 我说，你没有眼镜吗？ 老板说，有，可是在里屋。 我说，那你进去拿呗。 老板似乎不放心我，我说，你看我像个小偷吗？ 我不会偷你店里的东西的。 老板说，不是怕你偷东西，怕你走了。 我说，我都大老远地来了，为什么要走？ 莫名其妙。 老板说，那可说不定，到我这里来的人，经常是莫名其妙的，一会儿这样一会儿那样。我拍了拍鸡翅木小几，说，我抱它来也很辛苦，抱出一身臭汗，我不会再抱它回去的。 话一出口，我就知道自己犯傻了，老板的眼睛里划过一道太明显的兴奋的光彩，我这么粗心的一个人都能捕捉到它，可见这老吃老做的老板也不比我机警到哪里。 所以我又赶紧把话拉回来说，我不把它抱回家，不等于我一定要把它卖给你哦。 老板说，所以嘛，所以嘛——他忽然发现了自己的问题，立刻变了一副脸，说，要什么眼镜，不戴眼镜我也知道这是什么东西，闭上眼睛我都知道这是什么东西。 我说，闭上眼睛你怎么知道？ 他说，我手摸一摸呗。 就真闭了眼睛用手摸起来。 我也不笨，知道他想压价，压就压吧，何苦要做出这种出尔反尔的样子。我说，你开价吧。 老板似乎被我惊到了，立刻睁开眼，手缩回去，又把皮球踢还给我，说，你说说你的意思。 我才不说呢，不是我精明，实在是我不知道这鸡翅木小茶几到底值多少钱，我曾经多次拐弯抹角地探过老宋的口气，可是老宋屁眼夹得好紧，一丝风声也不透露出来。

我和老板就这么推来推去，我是真不知道怎么开价，老板是真狡猾，但是再狡猾的老板拼到最后也沉不住气了，说，我服了你了，我服了你了，见过这么精明的男人，没见过这么精明的女人。 我说，冤枉，我真不知道怎么说。 老板说，算了算了，我耗不过你。 他那脸上完全是一副准备英勇就义的凛然模样，我心里好笑，想，有这么严重吗？ 结果老板说出了一个数字，我才知道事情还真的很严重。

不知道是不是这个数字吓到了我，我头上竟然开始冒汗了，为了掩饰自己没见过大世面的小家子气、穷酸气，我赶紧咳了一声，给自己壮胆说，哪有你这样说话的。 老板听了我这话，先是用狐疑的眼光看了看我，又想了想，似乎没有揣测出我的话外之音，就愣愣地看着我，大概是在等我说得再明白一点。 其实我哪有什么话外之音，连我自己都不知道这句话含着什么意思。 我看老板那愁眉苦脸绞尽脑汁的样子，比死了亲娘还痛苦，大觉不忍，说，算了算了，我也不跟你讨价还价了，就按你说的吧。 老板惊得瞪大了眼睛看着我，看了一会儿，脸色大变，赶紧把鸡翅木茶几拉近了点，又是看，又是摸，又是拍，又是敲，最后弯下身子凑上去，我还以为他要吻它一下呢，后来才知道他是闻它，闻了半天，他起身了，鼻翼还在动呢，但眼睛里已经没有了怀疑，不仅没有了怀疑，还大放光彩，最后他倍儿果断地说了两个字：成交。 他把我的鸡翅木小茶几搁到店里最显眼的位置，站在那里左看右看，看不够。 我走的时候跟他打招呼，他都没顾得上理我。

我揣上鸡翅木变成的现钱，就去上班了。 不过这一天的班上得可不够用心，我坐不住，火烧屁股似的总想往外跑。先是跑到财务科，可并无报销、领钱之类的事，我到财务科去干什么呢，我自己觉得奇怪。 那两个女会计也觉得奇怪，用了一会儿心计后，其中有一个说，老冯，你不是想来财务科上班吧？　说话的这一位脸上还硬挤出点笑意，另一个不说话的，已经满脸铁青了，我吓得赶紧逃走了。　我在走廊里东探探西看看，又到了宣传科，宣传科长关心地对我说，冯小妹，你今天脸色不对呀，有什么事吗？　我摸了摸自己的脸，摸不出对不对，但是我不敢看宣传科长的脸，又逃走了。　我转来转去的，最后转到办公室。　办公室人多，是个大间，里边吵吵嚷嚷的，但是我一进去，大家就看着我，我又想逃了。　大家赶紧喊住我，说，冯小妹，你今天怎么啦？　我确实不知道我今天怎么啦。　我问他们，我今天怎么啦？　他们奇怪道，咦，你怎么啦你自己知道，怎么反来问我们？　我说，那你们说说我今天和平常有什么不一样。　大家面面相觑，停顿了半天，最后终于有个人说，丢了魂吧。

　　我讪讪一笑，觉得自己像个残兵败将，灰溜溜地下阵了。　走出办公室的时候，我听到一个人在背后说，看她那兴奋的样子，肯定又交好运了。　另一个说，那是当然，老宅子要整修，她家要分新房子了。　又有一个人的声音横起来，好像要吵架，说，不是！　不是分新房子！　她家要落实政策了。　立刻有人着急地说，她家不是已经落实过政策了吗？那个了解政策的人说，现在许多大户人家，都向政府讨回从前没收掉的房子，有个姓陆的状元后代，还真讨回去了，好大一个老宅啊，三落七进，你们想想，有多少间？　立刻有好几个人叽里呱啦起来，因为嘴杂，听不分明，最后才有一个人代表大家把意思说清楚了，他说，冯小妹家的老宅不是被没收的，是捐的，捐是自愿的，捐了就不能讨还的！大家听了这话，沉默了一阵，但最后还是有一个怀疑的声音又起来了，说，谁知道呢。另有一个声音颤颤抖抖说，要是真的还给他们那个老宅，那个什么堂，那可真不得了了！

我满脸通红地回到资料室，我的同事小周说，老冯，你到哪里去了，你们家老宋刚才打电话来找你。我说，他有没有说什么事？小周说，哟，你们家老宋的嘴有多紧，怎么会跟我说什么。我说，那他没找到我就什么话也没说？小周说，说啦，说谢谢。我把电话打到老宋单位，老宋却又没在，他的同事说，他刚刚出去，不知道到哪里去了。我的心仍然在怦怦地跳着，不会是政府找他去归还赐墨堂了吧。我就守在电话机旁，等他的电话，但一直等到下班，他也没有再来电话。我彻底泄气了，心也不怦怦地跳了，我还劝了劝自己，别做梦了，就揣上卖鸡翅木茶几那点钱，等着拿个几室一厅吧。

好不容易到了下班时间，我带着没有魂的身体出了单位，回家的路上，因为没有灵魂的指导，我果然走错了路，七拐八拐，鬼打墙了，最后才发现，我竟然拐到早上来过的古董街。可是收我鸡翅木小茶几的那家店已经关了门。我觉得奇怪，没道理呀，隔壁的好几家店都开着呢，他为什么这么早关门呢？我凑在门缝上朝里探了探，里边黑乎乎的，什么也看不清。隔壁店里的一个伙计看到了，说，喂，你干什么？要出货吗？我指了指这边紧闭着的门，说，我的货早上已经出给他了。那伙计说，你出的什么货？我说，没什么，就一个小茶几。那伙计一听，立刻杀猪似的尖声大喊，老板，老板，快点，她来了！他的老板从里间应声出来，看着我说，那个鸡翅木茶几是你的？我说，是呀。这老板急得伸出手来，说，你蠢呀，你蠢呀，你怎么能出给他呢，他可是我们这条街上出名的刘一刀哇。我起先不知道什么叫刘一刀，想了一想，明白了，他说的肯定是刘老板会砍价。我赶紧说，他没有砍我的价。这老板一听，更是跺脚捶胸，说，你说多少他就给多少？我说，怎么呢，不砍价不是很好吗？这老板说，不好不好，很不好啊，原来你如此无知啊，你知不知道他坑了你多少？我如实地说，不是我出的价，是他给的价，我觉得可以，就成交了。这老板更是急得没办法了，说，那可更不得了，那可更不得了。拿手捂着心口，要倒下来的样子，嘴里说，不行，不行，我要发心脏病了。那伙计去搀扶他，被他猛推了一个趔趄。我怕老板用力过猛真的发了心脏病，又怕他会赖到我身上，赶紧说，老板，我下次有货就到你店里去啊。说完赶紧走了。

老宋和我前后脚到家，我慌乱的情绪都没来得及平复，又担心老宋发现鸡翅木茶几的秘密，赶紧主动打岔，让老宋分心，我说，老宋，你今天打电话找我了？什么事？不等老宋回答，我又抢出一个新话题说，老宋，是不是政府要归还我们的赐墨堂了？老宋说，你哪里听来的，赐墨堂是当年奶奶和父母亲一起捐给国家的。 我说，我听说捐的也能要回来。 老宋说，当时都有国家发的认捐书。 我说，在哪里？我怎么没见过？ 你拿出来我看看。 老宋说，许多年了，找不着了。 我说，找不着就等于没有，等于不存在，不是吗？老宋说，找不着怎么等于没有呢，虽然你找不着，看不见，但它还是存在的，比如一件家具，找不着了，不在这个家里了，但它肯定还是在的，即使它被毁了，也是物质的转换，物质不灭定律，你中学时学过吧。 我心里一虚，以为他在说鸡翅木茶几呢，赶紧观察了一下他的脸色，发现他脸色平静，根本不知道鸡翅木茶几已经不在了，找不着了。 我定了定神，气势又上来了，说，老宋，果然不出我所料，你果然是胳膊肘子往外拐，你说的话，跟外人说的话是一模一样啊。 老宋温和地说，那也是巧了。 真是个割肉不出血的家伙。

我把话题引到老宅上去，果然把老宋的注意力转移了，老宋始终没有察觉鸡翅木茶几的事情。 钻进被窝的时候，我偷偷地闷笑了一会儿，就带着笑意进入了梦乡。 哪里想到我的笑意等我睡着了，竟然变成了一个可怕的梦魇，我做了一个和我爸从前做过的一模一样的梦：在一个很昏暗的地方，有个人对我说，那茶几不是你的，你不能占有。 我又惊又急，也顾不得我爸了，赶紧出卖他说，不对不对，这不是我的梦，这是我爸的梦，你们找错人了，你们找他去吧。 但是那个人不理睬我的叫喊，又说，不是你的，你不能占有。 我说，你到底是谁？ 我怎么看不见你的脸？ 听那人一声冷笑，我就被吓醒了。 我拉开灯，赶紧去看老宋，我知道我说梦话了，怕老宋听到，幸好老宋正睡得香，没有听到我的梦话。 我放了点心，拍了拍心口，灭了灯，让自己安心睡觉。我才不像我爸那样迷信，那样胆小怕事，我才不相信梦能够说明什么呢。 我很快又睡着了，可奇怪的是，我一睡着，那个梦又接着前边的梦的情节继续做下去，那个看不见脸的人，仍然在那里对我说，你不能占有。 我这回不跟他客气了，说，你连脸都没有，有什么资格跟我说话。 那人说，我有脸没脸有什么关系，你难道不知道我是谁？

　　早晨起来，我发烧了，浑身烫得要命，我没敢吱声。 老宋看了看我，说，小冯，你脸色不大好，是不是生病了。 要来摸我的额头。 我赶紧躲开，说，我好好的，没生病。 自己摸了摸额头，烫手，但我故作镇定说，喏，一点也不烫。老宋又狐疑地说，那你的脸怎么这么红？ 我说，秋天干燥，有点上火而已。 老宋说，去买点梨子吃吃。 我说，好的。老宋去上班了。 我赶紧到医院去吊了两瓶盐水，先把体温压下去。 从医院出来，日头白晃晃的，可我觉得我还是在梦里，迷迷糊糊往前走，迷迷糊糊又走到那个小店。

　　店门仍然关着，但情况和昨天下晚不一样了，因为它是朝东的，早晨的太阳正好照耀着它，我从门缝朝里张望的时候，看得清店里的一切了。 这一看，我的心顿时一沉，那鸡翅木茶几已经不在昨天的位置上了。

　　我心慌意乱地拍打起他的店门来，敲门的声音又把隔壁的伙计给引出来了，他眼睛凶，一看到我，立刻就认出来了，说，你又来了，是不是刘老板没付钱给你？我慌慌张张地指着门缝说，不是的，不是的，我的小茶几不在了。那伙计老三老四地说，不在了才是正常的嘛，要是还在那就不正常了嘛。我不知道他什么意思，愣愣地看着他。他撇了撇嘴，一脸瞧不起我的样子，说，这还不明白，肯定早就出手了。我说，怎么会这么快，就一天时间？那伙计说，不跟你说了，你什么都不知道，你不配有那个东西的。就往自己店里去了。我追在后面说，请问，请问——没来得及追上他，我就看到收我鸡翅木茶几的刘老板出现了，他从天而降似的站到了我面前，看到我，他先是一愣，随后就笑了起来，说，我就知道你会再来的。但是我觉得他的笑比哭还难看。我说，你怎么知道我会再来？刘老板不再苦笑了，也不再说话，默默地打开了店门，我紧紧跟在后面说，你已经把我的鸡翅木茶几卖掉了？你已经把我的鸡翅木茶几卖掉了？刘老板听了我这话，忽然间竟勃然大怒，训斥我说，什么话？你说的什么话？你会不会说话？什么你的鸡翅木，你已经卖给我了，是我的鸡翅木！说话间他人已经到了长长的柜台后面。我们俩，一个在柜台外面，一个在柜台里边，脸对着脸，他的脸板板的，很凶，我的脸上尽是讨好，尽是阿谀迎奉。我也不知道自己怎么会这么贱，干吗要对他这么摇尾乞怜，我说，刘老板，我没有别的意思，我只是想再看一眼我的鸡翅木小茶几，不知道你把它卖给谁了？ 刘老板听了我这话，顿了半天，忽然一弯腰，从柜台里边的地上，猛地捧出一件东西，"砰"的一声，蹾在了柜台上。 我定睛一看，竟然就是我的鸡翅木茶几！ 我一伸手就搂住了它，刘老板上来扒我的手，说，你搂它干什么？ 我说，不干什么，就像自己的孩子，送了人，又见到了，总要抱一抱吧，毕竟是自己的孩子呀。 刘老板凶道，孩子？ 是你的孩子你还送人？ 我说，人都有迫不得已的时候嘛。 刘老板没好气说，你既然把孩子送了人，又来干什么？ 我说，隔壁那伙计说，你肯定早就出手了，可是，可是，你怎么没出手？ 刘老板起先一直气冲冲的，这会儿他的脸色不那么凶了，又叹气，又摇头的。 我问，没人买吗？ 刘老板说，我就没敢把它摆出来。 我想了想，似乎想到道理了，赶紧说，难道是你自己想要留下？ 刘老板说，没有的事，我们干这一行的，为的是挣钱，只要别人出价，自己再喜欢的东西也要走，否则就不是生意人，而是收藏人了。 收藏的人呢，正好相反，什么东西都往里扒，有钱要扒，没钱也要扒。 我说，没钱怎么扒？刘老板说，那你去问他们吧，反正他们总是往里扒，扒到手了，哪怕是一堆狗屎也会当宝贝一样搂在怀里。 我忍不住"啊哈"了一声，不是因为他说的话，而是因为他说话时那种急吼吼的腔调。 他朝我看了半天，长叹了口气，说，算了算了，我服了你，你拿回去吧，我不要了。 我惊奇得不得了，说，咦，我又没有向你讨回茶几。 刘老板双手握拳，朝我拱了一拱，说，饶了我吧，我昨天一晚上没好好睡，尽做噩梦，早晨起来竟发烧了。 一边说一边拿手摸摸自己的额头，又道，刚去医院吊了两瓶盐水，这温度还没有完全下去呢。 我又忍不住"啊哈"了一声，说，你做了什么梦？ 他生气说，我做什么梦干吗要告诉你。 我说，是不是有个没脸没面的人跟你说话，说茶几不是你的。 刘老板更气了，指着我说，你什么人，捣什么鬼？ 我说，我没有捣鬼，我只是奇怪，你为什么收了我的鸡翅木茶几又不摆出来卖，你自己说的，哪有生意人不想做生意的。 刘老板说，我也想摆出来，可是我摆不出来啊。 我说，有小偷吗？ 刘老板说，小偷倒是进不来的。 又朝我拱拱手，说，你弄回去吧。 昨天他给我的钱还原封不动地搁在我的口袋里，我将它们拿了出来，交还给刘老板，抱起了我的鸡翅木茶几，就觉得特别亲切，像妞妞小时候我抱着她那种感觉，我一激动，就忍不住亲了它一口，嘴里呢呢喃喃道，我的鸡屎木，我的鸡屎木。 我紧紧搂住失而复得的鸡翅木小茶几，想起当年我爸搂着它的样子，也是这样的，由于抱得紧，凑得近，它就在我的鼻尖下，我闻到了它散发的一股清香，很淡，不像香樟木那么浓。

这是我嫁到宋家多年以后，头一次闻到清香。

我把鸡翅木茶几放回到原来的地方，老宋回来也没有在意小茶几失而又复得了，只是说，小冯，原来你已经听说了。 我一头雾水，说，听说什么了？ 老宋说，赐墨堂暂时不修了。 我大急，赶紧问道，为什么？ 为什么？ 老宋说，可能因为投入太大，暂时还没有这个实力。 我说，你怎么不告诉我？ 老宋说，我昨天给你打电话，你没在。 我不能依他，气道，可我昨天晚上回来你也没说。 老宋说，昨天晚上我觉得你心神很不定，想等你定神的时候再告诉你。 我只觉得一颗心在往下沉，往下沉，沉到了自己都捞不着的地方去了。 自己的心都捞不着了，我能不哭吗，可结果我笑嘻嘻地说，是呀，我早就知道了。

我要不是知道，我怎么会把鸡翅木茶几又赎回来了呢。

二

我们仍然居住在老院子的破屋里，花园洋房在我们眼前晃了一下，又离我们远去了。 虽然我家的大姑娘眼看着就要回来了，但是我已经心如死灰了。

我心如死灰了，我姐却又来了。 我早就说过，我姐是根搅屎棍，她一来，我的日子就要发生一些变化了。

我姐命真好，许多年一直就在享清福，她可会保养了，从前吃胎盘人参，现在是虫草燕窝，还三天两头做美容，结果却是有心栽花花不发，反而见老。 我姐夫呢，许多年忙来忙去忙挣钱，吃辛吃苦，却一点也不见老。 他们俩走出去，人家都要多看我姐夫几眼，还以为是一个富婆包养的小白脸呢。 都说男人有钱就变坏这是铁的规律，但这铁的规律到我姐夫这儿就不成规律，我姐夫其他方面坏不坏我不知道，但他对我姐的态度一点也没变，仍然是一条忠心耿耿的狗，仍然是我姐说东他决不向西。

我姐夫到底赚了多少钱，我反正是不知道的，以前我也曾斗胆问过我姐，我姐牛，说，冯小妹，我不说也罢，说出来不要吓死你。我不希望被吓死，就不再问了，见着我姐的面我就躲着点，怕她一不小心说出来，害我一条命。

有一天我姐从国外回来，给我带了些 Made in China（中国制造）。她来看我，穿着高跟鞋咯噔咯噔地走到我家门口，正好一阵风吹来，吹下一块瓦砖，差点砸了她的头。我姐受了惊吓，批评我说，冯小妹，你也好意思，什么时代了，你就打算一辈子住这样的房子？就算你不嫌寒碜，也要注意安全呀。我可怜巴巴地说，姐，我也想住花园洋房，更想住豪华别墅哎。

我姐回去跟我姐夫一说，姐夫就跑我家来了，前前后后、左左右右地看起了赐墨堂，足足地看了一个多小时，最后，我姐夫对我姐说，我知道我该干什么了。我姐点点头。他们真是心有灵犀的一对，我姐夫说半句话，我姐就能听懂，也许他不说话，我姐也能听懂，可我和老宋呢，我怎么说话，他都听不懂，或者是假装听不懂。

我以为我姐夫说的"我该干什么"不会和我有什么关系的，哪知第二天，我姐夫又来了。他朝我点点头，总算是几十年来眼里有个我了。他直接找老宋说话，我在旁边努力地听了半天，到底让我给听懂了，知道我姐夫又要开创一个新的事业了，就是古建筑修复工作。他从前又不是搞古董的，又不是搞建筑的，现在要把这两样东西加起来一起搞，真有异想天开的水平。他这许多年，做了无数的生意，倒腾冰箱以后，又倒腾塑料粒子，倒腾钢材煤炭，后来又开饭店，开夜总会，再后来是做空手道——我也不知道什么叫空手道。后来时间长了，我才稍稍知道了一点。我说，怎么天上掉馅饼的好事，老是轮到你们头上呢？我姐听我这么说，毫不客气地批评我说，冯小妹，你很无知，你以为天上真会有馅饼掉下来，你知道这样做的风险有多大？我说，有多大？我姐说，不说也罢，说出来不要吓死你。我赶紧说，姐，你就别说了，我不想被吓死。

我姐夫开始倒腾古建筑，他倒是想一下子就把赐墨堂给修成原模原样，可是他赚来的那许多亮崭崭的骄傲的金钱，在这个支离破碎摇摇欲坠的赐墨堂面前，忽然低下了它们高贵的头颅，简直算不上个什么东西了，按我姐的口气说，还不够倒腾赐墨堂里一个纱帽厅呢。

不过我姐夫并不着急，他很踏实，大的做不起，就先从小的做起。他出资买下了另一座什么堂，比我们的赐墨堂小多了，十分之一都不到，二十分之一大概也不到，连后花园也没有。我去看过，只看了一眼就瞧不上它，只有前后两进，中间一个天井，也是个屎眼样，但它是一个完整的老宅，也是什么名人的旧居，毕竟也叫什么堂呢，和我们赐墨堂有个字是一样的。我姐夫搬迁了里边的住户，给他们提供了新房子，又出了整修费，等一切完工，已经是三年以后的事情了，这时候，我姐夫已经是一个彻彻底底的穷光蛋了。这可不是我咒他，也不是因为我一直以来妒忌我姐，这话可是我姐亲口跟我说的。

我一直指望着我姐夫能在倒腾老宅时再发一次大财，那样他就可以来收拾我们的赐墨堂了，结果我姐夫不仅成了穷光蛋，而且在这个过程中他迷失了方向，他丢了西瓜抱芝麻，不再折腾古建筑，却迷上了旧家具。

倒腾旧家具让我姐夫彻底变了一个人，他一头扎进去以后，就再也出不来了。最后他把修复完工的那个什么堂都抵押了，收回来一车又一车的旧家具。几年过去后，我姐夫就只剩下一大堆破烂家具和一屁股的贷款在名下，谁也不知道他到底是资不抵债还是债不抵资。

但我姐夫毕竟收藏旧家具收出点名声来了，许多人知道他手里有货，辗转过来想要他的东西。我姐夫哪里舍得，可舍不得吧，资金又周转不开，铁面无私的银行和交情不浅的朋友都追在屁股后问他要债，把我姐夫追得屁滚尿流，有几次还跑到我们家老宅子里来避风头。我说，姐夫，你怎么躲到我家来了？我姐夫说，他们肯定以为我躲在什么大宾馆里呢，找去吧。我看到我姐夫这样子，忽然就想起很多年前那个古董店的刘一刀说过的话，收藏的人，只知道往里扒，哪怕扒到的是一堆狗屎，也会当宝贝一样搂住不放，哪怕穷到讨饭，穷到卖裤子，也不肯撒手的，会把自己弄得狼狈不堪，但生意人不会的，生意人只认一个利字，只要有了利，就不会让自己狼狈不堪。我姐夫明明不是个收藏人，他是个正儿八经的生意人，怎么会把自己搞得这么狼狈呢？

我姐夫确实够狼狈的，他躲了起来，手机也不敢接，后来又换了手机号码，但即便如此，我姐夫还不忘拍我姐的马屁，他会忽然从什么地方冒出来，买一客小笼包子，偷偷地溜回家，给我姐吃。我姐吃得满嘴流油，满足地舔着嘴唇跟我姐夫说，小笼包子吃好几次了，腻了，下次带烧卖吧。我姐夫说，好的好的，烧卖。

我再见到我姐夫时，他两眼发直，头发都白了，眼睛里也有我了，说，小妹，听说姐姐找了个对象是银行的，能不能帮忙贷点款。我一听，拔腿就逃走了。

我姐夫把几十年来辛辛苦苦赚的钱都搭进去了，害得我姐的生活不如从前优雅了，也害得我姐不能隔三岔五给我送点美国的中国货，或是中国的美国货。有一次我跟同事吹牛说我姐那儿有美国肉毒素，涂在脸上，五十岁会变成二十五岁，至少打个对折，那年轻的同事急了，非让我给她带一点试试效果。我说，那用下来你就只剩十几岁了噢。我跟我姐说了，我姐却不高兴，说，用完了。我说，你不会再去买吗？我姐说，这是在美国买的。她心情不好，我就没敢再往下说，其实在美国买有什么了不起呢，从前我姐夫牛的时候，我姐想到要买什么，就飞一趟香港，又想买什么了，就飞一趟美国，就像我们上一趟超市一样便当。

　　我没有把美国肉毒素带给我的年轻的同事让她变成十几岁，我同事心胸狭窄，说生气就生气，整整一个星期摆脸给我看。我平白无故地受了一包气，就把气撒到我姐夫头上，在背后忍不住说，让他牛，让他牛，现在看他还有什么好牛的。老宋听了，慢悠悠地对我说，我看他也不比从前差。我又把气撒到老宋头上，说，怎么我说一句你总要顶一句？你看看我姐夫是怎么对待我姐的，你想想你是怎么对待我的？老宋装痴卖呆说，有什么区别吗？我说，我姐夫对我姐是百依百顺，我姐说一句他听一句，你对我是百战百胜，我说一句你顶一句。老宋笑道，没你这么夸张吧，一百次里有九十次也不错啦。

　　我姐夫要办旧家具博物馆，总觉得还缺了点什么，将他的宝贝盘来盘去，最后才醒悟过来，原来就差我家的鸡翅木茶几。他来找老宋，老宋说，你拿走就是。我姐夫上前就去抱那茶几，可刚一抱到手，立刻又放下了，呆呆地站在茶几面前犯糊涂，犯了半天糊涂才醒过来，面色惨白说，那怎么可以。老宋说，咦，你不就是来拿它的吗？我姐夫说，我是想来拿的，但我不是白拿，你卖给我吧，开个价，什么价我都能接受。老宋还是说，你拿走就是了。我姐夫还是不拿，转了转脑筋，说，你不愿意卖？那，那你是要以物换物？你，你想、想要什么东西，我们好、好商量。奇怪了，我姐夫说到钱的时候，又大方又爽快，利索得吓人，可说物的时候精神就差远了，甚至结巴起来了。老宋还是说，姨，你拿走就是了。 老宋都说到这份儿上了，说了几遍你拿走吧，说得明明白白，可我姐夫还听不明白，偏不拿走，还反其道说，你是不是嫌少啊，你肯定是嫌少吧。 我姐夫随手又加了一沓子钱。 我看到那钱，心惊肉跳，那可是我姐夫借高利贷借来的，那不是钱，是刀子啊。 后来我忍不住出卖了我姐夫，把他借高利贷的事情告诉了我姐，我是想让我姐劝劝我姐夫，这世界上也只有我姐能够阻止我姐夫犯糊涂。 可我姐居然对我说，嘿，他那高利贷，就是我帮他借来的嘛。真是浑浑噩噩的一对绝配。

这期间我姐夫不断做着搭积木的游戏，那一沓子钱越叠越高，老宋真是有眼无珠，这么多钱他竟然看不见。 最后陪我姐夫来的那个专家说，算了算了，我看出来了，他不肯，无论你给多给少，都没有用。 我姐夫急了，说，他怎么不肯，他肯的，他明明让我拿走的。 那专家说，那你拿走试试。 我姐夫就再也说不出话来了。

那专家看起来不过三十出头、四十不到，一表人才，我姐夫对他简直就是言听计从。 我正惊异这个人年纪轻轻怎么会有这么高的水平，他忽然朝我笑了起来，说，阿姨。 我吓了一跳，说，你认得我？ 他说，我是小朱呀。 我不知道小朱是谁。 他也不计较我的无知，又说，我是老朱的儿子小朱呀，我小时候，你高兴的时候，就喊我鼻涕大王，不高兴的时候喊我小杀坏。 原来他竟是那个小鼻涕虫。 可他这一说，闹了我个大红脸，我毕竟大他一辈，但他却好像是我的长辈似的，知书达理，大人大量。我忍不住朝他的鼻子看了看，小时候他的鼻子又红又烂，现在这鼻子可是今非昔比了，几乎不能叫鼻子了，长得太漂亮，挺拔，光亮，干净，简直就像是外国人的鼻子。我说，哎哟，巧啦，你怎么在这里呀？我姐夫见小朱喊我阿姨，对我的态度也好了一点，大概怕我对他不恭，赶紧向我介绍说，他是朱大师噢。小朱说，也不是什么大师，只是喜欢而已。真谦虚，像真正的大师。小朱和我拉起了家常，说，阿姨，你还记得吧，当年我们家从你们家搬走的时候，我爸带走了你们家的两扇紫檀木屏风。我一急，脱口说，是偷的吧？小朱说，不是偷的，是你家奶奶送的。我又犯糊涂，我家奶奶，我家哪个奶奶？小朱说，是宋家的奶奶。我这才明白过来，原来是宋乔氏。我心里犯嘀咕，宋乔氏，宋乔氏，你可真敢送东西，你出手可真大方。心里正恼着，又听那小朱说，我小时候家里少一张床，就把那两扇屏风铺起来当床，我就睡在屏风上，好硬。后来我们回乡下，家里有床了，那个屏风就竖在家里，我爸有事没事就围着它看，越看越看不懂，越看越看不懂。我说，一个屏风，有什么看不懂的。小朱说，我爸说这屏风上的人，怎么雕得这么活，像活人一样，他天天看，看得都认得他们、可以跟他们说话了。我说，嘻，那你爸还是那老朱吗？小朱没回答我他爸还是不是老朱，而是继续说着他的"喜欢"。我姐夫又抓住了拍马屁的机会，说，朱大师原来是学物理的，天才呀，虽然半路出家，却后来居上，一转入我们这行，三下两下就是大师了。 我对小朱说，你爸高兴吧？ 小朱神色有点黯然，说，我爸不在了。 我叹息了一声，说，可惜了，可惜他看不见你当大师了。 小朱却认真地说，他看得见，他看得清清楚楚。 我一听他这话，忽然就没来由地打了个喷嚏，身上起了一层鸡皮疙瘩，好像老朱在什么地方看着我呢，我嘴浅胆子小，就不敢吱声了。

我姐夫得不到我家的鸡翅木茶几，快快而病，害得我姐也不待见我。 这么多年我姐可没少扶持我，我想劝劝老宋，人家那是旧家具成堆的地方，把我们的小茶几放那里，狐假虎威，能成气候，可以让大家看，增长知识，显摆水平，放在我们家墙角里没什么必要，搁个电话机都嫌寒碜。 可这么多话到我嘴边却说不出来，因为我说不着老宋，更劝不着老宋，自从我姐夫相上了我家的小茶几，老宋就只跟他说过一句话，你拿走就是了。 是我姐夫自己不拿，怎么说他也不拿，所以我姐不待见我是没道理的。

时间过得真快，一转眼，姐姐就要结婚了，她正在布置新房，打个电话告诉我，她把鸡翅木茶几抱走了。 我一急说，你那家里，全套西式新家具，放个破茶几，不伦不类，算什么名堂？ 姐姐说，现在流行的，古典元素。 我赶紧说，你拿走茶几你爸说什么了？ 姐姐说，老爸不在家。 我说，你就抱走了？ 姐姐说，是呀，我就抱走了。

我回家果然不见了茶几，心里顿时忐忑起来，在屋里瞎转了几个圈子，又到小天井里东看看西看看，也不知道看的啥，也不知道要看啥。 一直熬到老宋回来，我注意着老宋的脸色，老宋却没有表情，他没在意墙角落里的茶几，就像从前茶几走失的那几次一样，好像根本就不知道家里有这样一件宝贝。 害得我心里空空荡荡，无着无落，好像那茶几不是我女儿拿走的，是被小偷偷走了。

我忍不住去了姐姐家，看见那破烂茶几夹在一套奶白色的欧式家具里，奇里古怪。 我"唏"了一声，说，姐姐，你觉得这样放好看吗？ 姐姐说，妈，这不叫好看，这叫品位。我品了半天，也没品出个味儿来，只好硬着头皮又说，姐姐，其实这个茶几是你爸的传家宝。 姐姐说，是呀，我爸的传家宝，就是我的传家宝嘛，我又没有兄弟姐妹，要是有一个，这茶几就要一劈为二，要是有两个三个四个，这茶几就要粉身碎骨了。 我硬挤了点笑容，拐着弯子说，姐姐，其实你爸爸是个小气鬼。 姐姐听了我这话，哈哈大笑说，妈，你怎么猪八戒倒打一耙？ 我听不懂了，说，姐姐，你什么意思？ 姐姐说，咦，谁不知道我老妈是个小气鬼，从前我外公要这破茶几，你不乐意，吓得外公只好还给你，后来我姨夫要，你又不乐意，害我姨夫得相思病，现在你又追到你女儿这里来，是急着想抢回去噢。 我说，你才猪八戒倒打一耙呢，这茶几又不是我们冯家传下来的，我急什么。 姐姐说，那是呀，我爸都不急，你急什么？ 我想了想，也是奇怪，老宋好像从来没有为这茶几着过急，几十年来，他甚至从来没有提起过它，它走了，自然会乖乖地回来，又走了，又会乖乖地回来，根本用不着老宋着急，倒是我在其中费了许多心机，绞了无数脑汁。我忍不住跟妞妞说，妞妞，你可能还不知道这个茶几的价值噢，它是鸡翅木，鸡翅木你知道吗？它还是明朝的呢，明朝你知道吗？妞妞笑道，不就是明朝那些事吗？瞧她那小嘴，说什么都是轻飘飘的。我说，妞妞，说实在的，明朝的鸡翅木家具，到现在可不多见了，搁你这儿，妈可不大放心啊。妞妞笑得弯腰跺脚，前俯后仰，说，哎哟我的妈，哎哟我的妈。我不知道这有什么可笑的。妞妞说，我老妈哎，遇上我老爸，你可真背运。我说，怎么啦，你老爸怎么啦？妞妞说，我老爸一张嘴，简直就不是嘴。我没听明白，闷头闷脑问，那是什么？妞妞还是笑，说，那是一块铁砣。我还是没听懂，妞妞见我如此无知，不满意地撇了撇嘴问道，这么多年了，关于这个鸡翅木茶几，我老爸真的什么都没有告诉你？我这才听出点名堂来了，赶紧问，告诉我什么，这茶几有什么，到底是怎么回事？妞妞说，这是赝品，早就被人调包了。

你们替我想想，有这么个老宋，我气是不气？我当然气，气得骂起人来，我说，骗子，他是个骗子。妞妞说，我爸可没骗你，你又没有问过我爸这东西是真是假。这时候我的怀疑已经盖住了我的愤怒，我来不及生气了，因为流逝的时光已经一一浮现出来了，我的思绪一泻千里，尽是环绕着鸡翅木茶几在奔流。我先是怀疑我爸掉的包，又怀疑那个刘一刀，或者是我姐夫，或者是小鼻涕虫，我甚至怀疑上我的

057

女儿和女婿，最后我连我自己都怀疑上了。姐姐说，老妈，麻烦你别胡乱瞎猜了，这个茶几在我爸生下来之前，就是假的了。我气道，姐姐，既然连你都知道得这么清楚，你和你爸干吗都瞒着我？姐姐轻飘飘说，老妈，既然它是个假货，那它就是个屁，一个屁的事情，干吗非要打扰你呢。我老爸为什么不告诉你呢，我猜猜啊，他也许是怕你伤心吧，因为大家都知道我老妈对鸡屎有感情噢，要是有人告诉她鸡屎不是鸡屎，是鸭屎，我老妈会气疯的。

我生气归生气，却没有疯，因为我心地善良，想到我姐夫病快快那样子，心不忍，从姐姐那儿出来，我顾不得回家找老宋算账，先跑到我姐夫那儿，把假鸡翅木茶几的事情告诉他。我以为姐夫会对我感激涕零，哪知他听了我这话，气得脸都白了，精神气儿全泄走了，有气无力地批评我说，冯小妹，你姐说得没错，你很无知，只是想不到如今你都这把年纪了，还这么无知。我虽然一直很崇拜我姐夫，可这会儿他狗咬吕洞宾，我也有点恼了，我说，我怎么无知啦，我到底没让你出洋相，拿假货去给人显摆。我嘴快，就这么顺着一说，也没想很多。可我这话一出来，我姐夫愣在那里，眼睛都发定了，愣了好半天，脸色越来越难看，最后只见他浑身一哆嗦，转身跑了。

从他狂奔乱跑的背影看上去，我姐夫到底是老了。

后来听我姐说，我姐夫从假鸡翅木茶几联想到他收藏的那许许多多旧家具，万一是假的，他还能活吗？他到东到西请专家看，专家一来他就出汗，后来就养成了出汗的习惯，像女人到了更年期，动不动就是一头大汗。我说，啊？难道姐夫收的家具都是假的？我姐吓我说，你想得美。我赶紧无趣地走了，听到我姐在背后说，你姐夫说，那可是高仿，看纹理就知道是从前仿的，不像现在的东西，花里胡哨。我听了后，发了一阵子呆，我既不明白我姐在说什么，更不明白我姐怎么也管我姐夫叫姐夫呢，我回头看了我姐一眼，就慌慌张张地走了。

从姐姐那儿吃了惊，又在姐夫那儿受了气，又在我姐那儿奇了怪，回家我对老宋说，我终于知道什么是茶几了。老宋说，什么是茶几？我说，就是摆满了杯具的那东西。幸好它不是餐桌，要是餐桌的话，那就放满餐具了。老宋笑了笑，说，小冯，几十年了，你终于变得文绉绉一点了，管杯子叫杯具了。我说，是呀，嫁入你家豪门这么多年，连个杯具都不会说，不是白嫁了吗？

一

他们家姓顾。

提起来大家都晓得顾家。

顾衙弄里有座大宅，就是顾宅。 大家都晓得顾宅的大。顾衙弄原先一定不是叫顾衙弄的，是因为有了顾宅才叫这个名字的，一直叫到现今。

顾家是苏州城里的大家。 从前顾家的人读书做官是有传统的，而且顾家的人丁一直很兴旺，他们家里从前多有"父子会状""兄弟叔侄翰林"，所以顾家的人倘是做个州官，是很不稀奇的。 话说回来，倘是顾家的人做州官，必定是做得极好的，这户人家的才智是血脉里传下来的，别人想学也学不来、想比也比不过的。 后来有许多戏文里唱的历史故事，像"杨桂芳拦轿喊冤"什么的，说起来都是顾家上代人判过的案子。

顾氏的家声后来到了顾允吉这里，就莫名其妙地溃败了。

顾允吉是父母的末拖儿子，也是唯一的儿子。 并且顾家在这一代上，堂房各室偏巧均不得子，所以顾允吉就是顾家的最后一个男丁。

顾允吉的父亲顾尧臣，一八九五年生人。在顾家这样的家庭里，总是教子孙的精力放在这上面的——自幼时起即练小楷，作八股文、试帖诗，父以此教，兄以此勉，然后就由秀才而举人，而进士，而翰林，步步高升。当然那时候也有另外的规矩，世代做官的人家，倘若子孙读书不成气候，难得高中，也可以买个官来做做，或由上面封个官做。但顾家的规矩素来是笃学修行，不坠门风，从未有过捐官之举，所以教子弟进学，乃顾家之头等大事。顾尧臣从小自是聪慧过人，读得进书，就因为读书读得太多，到六七岁就弄成个近视眼，看物事模模糊糊，就想去弄眼镜来戴，那时候的眼镜店里已不只有国产的水晶片眼镜卖，外国的玻璃片眼镜也已流进中国，所以要弄一副眼镜不难。可是顾家门风甚严，家中男儿都不许戴眼镜的。因为，要走科举道路，以后是要见皇帝的。从前皇帝召见，是不许戴眼镜的，说是顾家上代里就有一个做大官的，近视眼，平时背着人偷戴眼镜，贪图惬意，后来越戴越深，戴惯了便拿不下来了。到皇帝召见，摘了眼镜进殿，看见皇上就跪拜，旁边太监皆掩口而笑，原来进的是一便殿，殿中置一穿衣镜屏风，正对皇帝龙座，他跪拜的竟是镜中的皇帝。皇帝嘴上虽没有说什么，心中自是不快活的，所以后来顾家就有了这个规矩。

顾尧臣眼睛看不清的苦恼，倒是不多久就没有了，因为到了后来，科举就停了。顾尧臣再提出来要买眼镜，家里也就不再反对。

顾尧臣的阿爹临终前，"心气不畅，多叹息"，其实也就是气死的。顾尧臣的父亲就想得开得多，皇帝被推翻，是因为皇帝的气数到了。所以到顾尧臣长大了，相中了绸缎庄钱老板的女儿钱宝珠，他就没有横加反对。要是放在从前，这种门不当户不对的婚姻，是要全族共诛的。

顾尧臣是在一次看戏时认识钱宝珠的。一日顾尧臣听说北边来了一个京戏班子，在阊门外的戏园子里摆台，就约了几个朋友去看。从前在苏州是重昆剧轻京戏，苏州人是看不起京戏的，认为京戏草台班、下三烂的，昆剧就不一样，全是缙绅子弟白相的。官家就规定，京戏班子只许在城外唱。顾尧臣他们一班年纪轻轻的，倒没有什么偏见，在他听起来，昆剧有昆剧的调头，京戏有京戏的味道，各有特点。因为大家对京戏另眼相看，不光限在城外演唱，对京戏的剧目，官方也控制得十分严格。那一日顾尧臣他们几个人点了一出《卖绒花》，正要开演，官方就来了一个当差，说《卖绒花》是淫戏，不许唱。顾尧臣不服，就上前去评理，人家一看是顾公子，自然让三分。虽然京城里打倒了皇帝，不过在下面小地方，皇帝的官，特别是像顾家这样的人家，还是很有威风的，何况那个当差，原来还是顾家下人的子弟，看顾公子出来，就不再管闲事了。

戏就唱起来了，想看戏的人自然感激顾公子，大家朝他看，向他致意。 顾尧臣后来就看见有一个姑娘在朝他笑。

这个姑娘就是钱宝珠。 钱宝珠的漂亮是没有话讲的，要不然顾尧臣这样的大家子弟，怎么会看中她呢。

绸缎庄在苏州讲起来是一种大商业，钱家的绸缎庄又是有相当规模的，在同行道里，钱家是出众的，不过在顾家的门前，是抬不起头来的。 所以顾尧臣能够同钱宝珠结成百年好合，说起来还要感谢维新革命呢。

以顾尧臣的才学加上钱宝珠的美貌，养出来的小人儿，自然是绝顶优秀的。

顾允吉的四个姐姐，芝兰，芸香，芬菲，蔓菁，内秀外慧，天生丽质。 未及成年，名气就已经传开去了。 书香门第的一帮青年，谈起来总说顾家门里四大才女，要想结秦晋之好，没有秦少游的才气，是很难得手的。 另一帮不学无术的阔少，说起来就是顾家门里四大美人，老大清秀老二艳，老三活泼老四媚。 等到女儿们有了自己的交际，顾家门上就愈发川流不息了。

顾尧臣就算是个开明的人，可是回想起从前顾宅森严壁垒，家风优良，弄到现在，阿猫阿狗都拥进来，着实不像腔。 前思后想，就怨钱宝珠肚皮不争气，倘是养个儿子，省却多少烦恼。 顾尧臣因此总归不死心，还是想生一个儿子，一直到他五十岁，钱宝珠四十九岁，终于遂愿，得一贵子，取名允吉。 允吉和她的大姐，相差二十五岁。

　　允吉生下来，就和他的姐姐们不一样，皮肤粗糙，又黑，五官算是端正的，眼也不斜，嘴也不歪，鼻也不塌，可是合在一起，放在他的面孔上，就很难看，也说不出是怎么样的难看，总归是叫人看了心里不舒畅。

　　顾尧臣因为上了点年纪，脾气也大了一点，看儿子这个脸面，心中甚是不快，他们顾家是相信相貌的。钱宝珠就是另一样的想法，她是癞痢头儿子自己的好，抱在手里看一张小面孔，越看越好看。

　　别人看顾尧臣不称心，就说，这是胎气，退了胎气，自会长好的。顾尧臣也相信这是胎气。后来小毛头一日一日长大，胎气早应该退了，但他的面孔仍然是粗糙而且黑，且说不出的难看，顾尧臣就晓得不是胎气了。

　　顾允吉开始也和别的小孩一样，半岁学说话，一岁学走路，也不见得比别人慢多少。可是到了三五岁上，别的小孩便开始聪明伶俐起来，顾允吉就显出他的愚钝来，比如他对别人的称呼，不论是男是女，总是喊"小姐"，或者是"二姐"，或者是"三小姐"。

　　人家看顾允吉这种样子，私下里就说，顾家恐怕是气数到了。顾允吉是个孽障，前世里欠了顾家的债，今世来还报。顾家的上代，把顾家的优秀占完了，到顾允吉，便只有顽钝了。

　　后来就请算命先生算命，得了四个字：大智若愚。

　　顾尧臣起先是很受这四个字鼓舞的，到后来他就晓得这四个字不过是骗骗人的，骗骗自己，骗骗别人。

顾尧臣后来就是带着这个美好的骗局走的。大家说，顾尧臣寿虽不长，五十多岁，但总算去的是时候，得个忠孝双全。顾尧臣死后不到一年，顾宅就充公了。

顾宅应该说是在钱宝珠手里败掉的。不过钱宝珠毕竟和顾尧臣不是一种样子的人，要是换了顾尧臣，顾宅败了，必是要吐血伤肝的，钱宝珠从顾宅里出来，自然也伤心，但顶要紧的还是她和儿子的生计。

那时候顾家四位小姐，三位均已嫁人，四小姐也在顾尧臣死后不久跟着一个戏子跑走了，有大半年不通音讯，想来也该成人妇了。

钱宝珠就带着顾允吉回了娘家。

钱宝珠的父亲早几年就过世了，家业传到钱宝珠兄弟手里，因从小悠闲惯了，不会治家理业，又抽上了大烟，钱氏绸缎庄便败在他这里了。

到了评成分的时候，就评了一个小业主，也算是因祸得福。

比起来，钱宝珠屁股上的屎就臭得多了，顾尧臣一死，本来要兜在顾家子孙头上的污秽便全兜到了钱宝珠头上。

钱家兄弟是要清清白白，要摆脱这种干系的。阿姐带了外甥住回家来，自是不受欢迎。并且这个外甥痴愚之极，讨人嫌。

钱宝珠叫他喊舅舅和舅母，他朝他们看看，就喊某小姐，然后鼻涕就挂下来，拉得很长。舅母先就不开心了，看了有点恶心，对钱宝珠说："姐姐你怎么不教教他揩鼻。"

钱宝珠叹口气："教也是教的，就是不会揩。"

大家说着顾允吉的愚笨，以为他听不懂，后来就看见顾允吉跑到舅母身边，把鼻涕往她身上一揩，然后笑嘻嘻地叫一声："大小姐。"

舅母就尖叫起来，用抹布揩衣裳，并且不断地打恶心，钱宝珠就装装样子要打顾允吉，其实她从来没有打过他，他是晓得的。

舅舅就很生气，说："你这样不来事，这个小人儿要打的，打得乖的。"

后来顾允吉犯了错，舅舅就打他，这也是应该的。

在舅舅的屋里，顾允吉就觉得很闷，他是喜欢和小姐在一起的，现在他天天叫三小姐、三小姐，没有人应答他。

钱宝珠就带他去看大小姐和二小姐。看大小姐和二小姐，顾允吉是很开心的，可是钱宝珠总是眼泪汪汪的，大小姐和二小姐，也总是眼泪汪汪的。

后来钱宝珠对顾允吉说："我带你去看三小姐吧。"

他们走到一幢很漂亮的小洋房门前，钱宝珠就站住不动了，顾允吉想喊"三小姐"，钱宝珠不让他喊出来。他们立在门口，对那幢小洋房看了半天，就回去了。

舅母阴阳怪气地说："这个三小姐，也是做得出的。"

顾允吉虽然痴笨，但从前在顾宅的时候，他是不会恶死做的，现在他学会了，好像是无师自通，他把舅母新做的衣裳用剪刀剪一个口子。

舅母就把衣裳拿给舅舅看，说："哼哼，你看，你宝贝外甥。"

舅舅就拎住顾允吉的耳朵，把他的头往墙上撞，一边骂："讨债鬼。"

顾允吉就张着嘴巴哇哇地哭，还含糊不清地叫某小姐。

钱宝珠心里自然是气的，但嘴上也不好说什么。过了些时候，钱宝珠也病逝了。

钱宝珠临终，只求兄弟一桩事，她指指允吉，对兄弟说："你把他，送到三小姐那里去吧。"

看兄弟点点头，钱宝珠就闭眼了。

顾家三小姐芬菲在女中读书，南下的部队就进城了。三小姐是很活泼的，女学生和部队联欢，总是有她的节目，她是很突出的。有一天就来了一个警卫员，说首长叫她去，她就去了。首长问问她的情况，她就笑。首长是山东人，高大粗黑，说的全是山东侉子话，说"我"是"安"，三小姐就不停地笑，首长很喜欢她，他想起山东老家的媳妇，叹了口气。

后来三小姐就和首长结婚了。

别人就想，吉人自有天相，眼看着顾家要不来事，便有了保佑神。又有人想，恐怕三小姐的婚嫁，是顾家的一着棋吧。

部队后来又往别处开，首长自然是要带着部队走，三小姐自然是要跟着首长走。

顾宅充公的时候，三小姐不在苏州，她是不晓得的。

三小姐重新回苏州，晓得顾宅没有了，便和首长吵闹。

首长这时已经从部队转到地方，做了地方的首长，管着一个城市的好多好多事情。

他和顾三小姐结婚以后，就很厌倦打仗了，所以最后一次开拔他是不情愿的，现在回想起来，幸亏他又去打了一仗。

三小姐闹，他就说："你到底是要你的封建家庭，还是要我们的革命家庭？"

三小姐要革命家庭。那时候解放了，大家的思想都是要革命的。

照三小姐的才能，做团的正书记也是可以的。首长说，你家庭出身不好，不要太惹眼了，就做个副的吧。三小姐就做了副的。他们的正书记，是一个纺织厂里出来的女工，十五岁就做了地下党的交通员，资格很老，是够做正书记的，可是文化不高，也不大会讲话，水平比较低，所以就更反衬出顾芬菲的能力来。

那一日顾芬菲开会，正在讲话，就有人对她说："顾书记，你弟弟来了。"

顾芬菲讲完话出去，就看见舅舅搀着她的弟弟站在走廊里。

舅舅看见她，生气地说："三小姐，你们家……"

顾芬菲面孔很红，打断他的话："什么三小姐。"

允吉看看姐姐，很开心，也叫了她一声："三小姐。"

顾芬菲皱皱眉头，对舅舅说："我叫你把他领到我屋里去，你怎么领到这里来，这里是机关。"

舅舅不满意地说："我还要问问你呢，你们家看门的不让我们进去，说首长关照过的，不许外面人进门的，现在嫡亲兄弟也是外人了……"

顾芬菲没有再说话，母亲死，她没有戴孝，心中总是很不安的，这个弟弟，她是要待好他的。她和蔼地对他笑笑，说："弟弟往后跟姐姐住，要听姐姐的话，要乖，啊。"

顾允吉就涎出口水，叫一声："三小姐。"

以后他就住在三小姐的家里了。

丈夫前妻的三个小孩，顾芬菲自己的两个小孩，加上顾允吉，家中就很混乱了。按辈分讲，顾允吉要比他们大一辈，可小孩子们是不客气的，总要欺侮这个舅舅。顾允吉吃了不少哑巴苦，又说不出来，弄急了，也只是喊一声："三小姐。"他喊"三小姐"的时候，顾芬菲总是不在屋里的，她在屋里，小孩子们是不会去捉弄顾允吉的。

他的山东姐夫自然是不喜欢他的，他也没有什么讨人喜欢的地方。可是山东姐夫有时看到自己的儿女们欺侮自己的小舅子，他看不下去，也会把自己的儿女训斥一顿，这时候顾允吉就会涎出口水叫他一声："三小姐。"

姐夫便哭笑不得，面孔上虽不给顾允吉好颜色看，心底里却是有点可怜他的。

顾允吉很快长到十六七岁，他的身体发育总算正常，身坯也不小，个子也不矮。只是仍旧粗糙黑丑，别人长胡子的部位，他也生出了一些黄茸茸的小毛。有一天早上，顾芬菲去叫他起来，就发现他光着屁股在被窝里，短裤扔在地上，见顾芬菲进来，他涎出口水，指着短裤，叫"三小姐"。

顾芬菲虽然是姐姐，因大他近二十岁，却是如母亲般照管他的，她把短裤拿来看看，上面有一摊斑迹。顾芬菲想可能是顾允吉遗精了。这一想她倒有点激动起来，既然他能和正常人一样发育，他的痴呆或许还有希望治愈。大家都说人在发育的时候是能治好一些病的，她复又带他去求医。她找的自然都是名医，但名医对顾允吉的病也无奈。也许顾允吉根本不是什么病，他这种样子是胎里带出来的，是骨子心里的问题，当作毛病治是治不好的。

并且那一阵顾允吉表现出有点疯狂的样子，总是不穿裤子。他的几个外甥女，从前也是欺侮过他的，这时都已长大成人，突然看到他赤条条地在屋里乱走，吓得哭，顾芬菲没有办法，只好把他送到医院住了一段时间。

顾允吉住院出来，就不再脱裤子了，不过痴呆状依旧。

别人看了总说，二十郎当岁，这样孵在屋里总不好，不如叫他出来弄点什么事情做做，顾芬菲不愿意，她宁愿养着他。

可是后来她就不能再养着弟弟了。

因为顾三小姐的漂亮，能干出风头，又嫁个大官，便很遭人嫉妒，所以运动一来，她和她的大官丈夫就首当其冲。

顾允吉等不见三小姐回来，也等不见山东姐夫回来，他先是在屋里喊"三小姐"，后来就出外去喊"三小姐"，别人看了作孽，就指点他说三小姐在什么地方，他就去看了，没有看到三小姐，却看到了山东姐夫。他的胡子很长，面孔很瘦，他对顾允吉摇摇手，叫他走开。

顾允吉走了，他去捡了一包甘蔗头和一包香烟屁股，给山东姐夫送去。山东姐夫看看他，就哭起来。

顾允吉涎出口水，叫他一声："三小姐。"

顾允吉的外甥被赶出了那幢小楼，下乡的下乡，到边疆的到边疆，回老家的回老家，各自散了。顾允吉没有地方去，他又不晓得要到什么地方去，就在街上到处晃荡。他是饿不死的，因为他什么都可以吃，还抢人家的吃，大家就骂他"痴棺材"。

有时候他也晃到顾衙弄去，老邻居见了，就对他说："弟弟呀，你去寻你的姐姐呀。"

他就涎出口水，说："三小姐。"

邻居是晓得三小姐出事体的。除了三小姐，顾家另外几个女儿的情况也很不好。有人看着二小姐在街上走，披头散发，衣裳破支落索，两只眼睛直定定，老邻居也不认得了，二小姐从前是顶顶艳丽的。

顾衙弄居委会的老阿姨就领了顾允吉去寻娘舅，寻到门上，才晓得，娘舅一家人下放到苏北乡下去了。

顾允吉实在没有地方去，大街上墙角里困困，讨来吃，捡来吃，总不是人过的日脚呀，顾衙弄居委会里有一个粘纸盒子的纸板社，就叫顾允吉来做做手工，发几个钞票给他，又在那里帮他搭一张小铺，顾允吉从此就开始自力更生，自己过日脚了。

再过了十多年，顾家的嫡系，基本上就断线了。

顾家的旁系，却还是有后人的，并且还是比较厉害的角色，吃过苦头，大难不死，愈发老辣，到了一定的时机，就提出了顾宅的归还问题。

归还顾宅，其实已是势在必行，但有许多问题，比如什么时候归还，以什么方式归还，归还多少，归还给谁，等等。从政府部门来说，当然是拖一天好一天，少还一点好一点。现在顾宅里住着那么多人家，要叫他们搬出去，必定要先让政府解决新房子的。因为是百废待兴，有好多好多事情要做，就谈不上什么计划了，只能是黄泥萝卜，揢一段吃一段。到有人提出顾宅问题，就躲不过去了，不过提出归还顾宅的，不是顾家的直系，人家就有话说了，你们不属顾姓，没有继承权，顾宅的事便又搁置下来。

顾允吉已经是纸板社的老工人，经过他的手做起来的盒子，可以说是不计其数了。有洋火盒，有药盒，有装玩具装糖果的盒子，他脑筋慢，手脚也慢，做得不快，但很认真，质量是很好的。 虽然那种粗黑的丑样子是改不了，身上衣着什么倒是像模像样的了，不再有人叫他"痴棺材"。

突然说顾允吉可能要继承顾宅，居委会的老阿姨心里就有种说不清的复杂的感想。

顾允吉终究是不能继承顾宅的。 一则因为他是有毛病的人，二则很快他的四个姐姐都有了消息，旁系的人看到这样的情况，也就退了，就由顾家四位小姐来做讨还顾宅的艰巨工作了。

这一年，顾家大小姐芝兰已过花甲，并且体弱多病，那位门当户对、性情相投的姑爷先她而去，一儿一女长进学好，先后考进大学，又分到外边大城市工作去了。 顾芝兰形影相吊，对讨还顾宅无甚兴趣，她也曾写信给儿女，说清此事，参与与否，由他们自主。 这一对儿女，各自家境不错，也不想来得什么遗产，所以大小姐这一系上，便无人出面。

二小姐芸香几十年来夹着尾巴做人，虽然晓得如今的世道和前几十年不大一样，但毕竟背着一个男人在台湾的包袱，胆战心惊惯了，只求过几日安逸日脚，对老家的房子，不敢奢求。

三小姐芬菲大难不死，却失掉了丈夫，她很坚强。 那天亲眼看见丈夫被斗死在台上，当晚还强迫自己吃了一大碗米饭。 丈夫惨死，她很伤心，但她生性好动，守不住空房，后来几经折腾，又嫁了人，嫁的是省里的一位干部，她丈夫的顶头上级。 三小姐就搬到省城去住了，仍然有花园洋楼，她就是那个命。 她也未必回来动顾宅的心思。 可是她的几个儿女，都如狼似虎的，他们憋了十多年，现在恨不得把顾宅生吞了。 可是他们毕竟隔了一代，要生吞顾宅，轮不到他们占先。

所以，顾家四位小姐中，也只有四小姐顾蔓菁可以出面了。

在四姐妹中，四小姐的婚姻，说起来是最自由的，但也是最不幸的。 结婚不多久，她就发现男人见好爱好的，四小姐和他做了两年的斗争，无望他改邪归正，便离了婚。 她带着儿子又嫁了一个唱戏的，这怕也是悲剧因素。 四小姐因为自己长得好，对男人就很吃卖相，可是长得好的男人，规规矩矩、从一而终的恐怕不多，四小姐就没有碰上。 后来她嫁第三个男人，还是以貌取人，人家问她怎么不会吸取教训，她想来想去也想不明白。 第三个男人和她离异时，她已四十多岁往五十上算了。 照理讲起来，心中有气，人会见老。四小姐却是一点也不见老。 现在轮到她为顾家出头露面，走出去，往人前一立，风度气质，绝对是顾家的传统。

这一天，顾允吉和平常一样，在纸板社专心致志地粘纸盒子，四小姐就走到他的面前来了。 她心里有些激动，她有十几年没有看见弟弟了。

顾允吉抬头看看她，想了一会儿，涎出口水，叫了声："三小姐。"

四小姐的眼睛潮潮的。

别人就纠正他："不是三小姐，是四小姐。"

四小姐就哭起来了。顾允吉继续粘纸盒子，四小姐就问别人，她弟弟一天能粘多少个盒子。他们告诉她，他能粘一百个盒子。她又问粘一百个盒子给他多少钱，他们说给他两块钱，并且说别人粘两百个是三块钱。

四小姐拉起顾允吉的手，眼泪汪汪地说："弟弟，跟我回去吧。"

顾允吉看看四小姐的手，四小姐的手很白很腴。他看看自己的手，又黑又粗，他就把手缩了回去。

后来顾允吉就跟着四小姐回家去住，四小姐供他吃穿，他就用不着再去粘纸盒子了。

再后来经过四小姐上下奔波，四方周旋，顾宅的问题终于得到解决，退还大小八间，大概有顾宅全部地盘的十分之一。

在顾允吉搬回顾宅住后，大小姐，二小姐，四小姐，还有三小姐的儿女，也都搬回来了。

别人看着顾家又有点兴旺的样子，想想这世界，日月轮回，阴差阳错，谁又晓得谁怎么样呢。

二

顾宅的墙门间很大。因为墙门多，有八扇，墙门间就大。

老汪跟着父亲从浙江湖州乡下到这里来的时候，才是一个十来岁的小毛头。他父亲带着他住在顾宅的墙门间里，一直住了四十多年，先是他的父亲去世，后是他的老婆去世，再后来他的儿子长大了，到别的地方去了，老汪就一个人住在墙门间里。

当初老汪的父亲之所以要离乡背井，是因为那一阵日本人在他们那地方横行霸道，日脚很难过，听说苏州是块乐土，就奔乐土来了。其实苏州也未必是乐土。可是好多好多像老汪父亲一样的人都在苏州住下来，没有再回家去，就证明到苏州寻生活，求生存，还是对路的。

老汪的家乡，以制湖笔出名。名闻天下的湖笔，就是因为出在湖州才叫湖笔的。湖笔据说始制于唐代，其制法是在清朝道光年间传入苏州的。从此以后，苏州人就把自己制作的湖笔叫作苏州湖笔。湖笔原本的意思是湖州生产的笔，又加上苏州，就变成了苏州湖州的笔，从道理上讲是不大通顺的。就好像大家晓得云烟是顶有名气的，苏州人倘是也仿照云烟生产一种烟，叫作苏州云烟，人家是会笑话的，所以看起来，苏州人原来也是蛮喜欢炫耀的。

在三十年代末期，有许多像老汪父亲这样祖传做湖笔的浙江人迁到苏州定居，后来苏州的湖笔生产就兴旺起来了。

老汪那时候想，今后要走的路，自然也是承袭祖业，以制笔为生了。

老汪就做湖笔工人，他学得早，到三十来岁，就是一个很老练的师傅了。老汪做到六十岁，就退休了。他是不想退休的，因为不可以不退休，他只好退了。老汪的技术是很好的，可是退了休，他的技术就没有用场了。

老汪退休的时候，正是顾家后代搬回顾宅住的那一阵，老汪热心肠，看着他们忙乱，就帮他们搬搬弄弄，收拾整理，尤其是二小姐这一房里，只有二小姐和养女，两个女眷，吃重的活全是老汪相帮的，他反正也空闲着没有事做。

等到大家搬了家，安顿好，日脚就正常了，老汪也帮不上什么忙了。他天天托一只半导体，坐在墙门口听书。

顾宅进深是很深的，顾家的人搬回来住在最里边的房间里。他们向政府讨还的八间正好是一进屋，所以，这一方小天井就归了顾姓，和别的住家隔开了，倒也清清爽爽，免得讨气。

几位小姐都是经历过大风大雨的人，数十年一直是惊心动魄的，现在有了一方自己的安逸世界，可以不听外面的闲话，不看外面的混乱，正合她们的心意。平常日脚，小天井中的门是关紧的。大小姐和二小姐不去上班，就住在屋里，一点也不厌气的。

顾允吉就有点气闷胀了。他从前在纸板社做生活，是很放松的，大家拿他寻开心，大家笑，他也笑。顾允吉就想起要去看纸板社。

原来的那个地方已经没有人，也没有纸板社，房间空荡荡的，顾允吉看看，就立在那里"呜呜"地哭了两声。

老汪走过，看见顾允吉在落眼泪，想这个戆大也是念旧情的。他就告诉他，纸板社关门了，不再粘纸盒子了，现在他们改行去做别样了。

"走吧，你跟我回去吧。"老汪对他说。

顾允吉不大明白，什么叫改行做别样，他就跟着老汪到墙门间里去坐。

老汪的墙门间里很乱，一个单身的老人，是不会收拾房间的。

顾允吉十分拘谨地坐在老汪的床沿上，盯着老汪看。

老汪问他："你们大小姐在家吗？"

顾允吉就涎出口水，说："大小姐。"

老汪再问："你们二小姐在家吗？"

顾允吉仍旧涎出口水，笑笑，说："二小姐。"

老汪无可奈何地笑笑，说："你这个人。"

串门的邻居到墙门间里来找老汪吹牛，看见顾允吉在，就对他说："老汪蛮看中你们家二小姐的，你叫他一声二姐夫吧。"

顾允吉就涎着口水叫老汪一声："二小姐。"

老汪的面孔很红，说："你们不可以瞎说的，人家二小姐听见了，要动气的，人家是顾家的，金枝玉叶的。"

别人就不以为然，鼻子里"哧哧"响，说："什么金枝玉叶呀，一样变作干瘪老太婆了，配你老汪，她又不亏的。"

老汪就很认真地为二小姐辩护，说大户人家出来的，到底不一样的，老虽老了，风度还是一等的。

人家就不服，指着顾允吉说："什么大户人家呀，你看看这个人嗟，什么风度呀，什么腔调呀，你老汪是苦人家出身，一世人生做煞的，倘是重投人生，你同他换胎入世，你肯不肯呀。"

老汪心想我当然是不肯的，顾允吉的人生，算什么人生呀。

顾允吉晓得他们在议论他，他也不听，就在老汪的墙门间里东看西看，他看到几支做工很精致的毛笔，很开心，就叫了一声："二小姐。"

毛笔是老汪从前做的，留着作纪念的，老汪看顾允吉喜欢，就拿出一支，对他说："嗟，这支送给你。"

顾允吉拿了那支毛笔，就走了。

过了两天，老汪身体不适意，正在睡觉，有人敲门，他爬起来开了门，看见顾允吉立在门口，后面还跟着一个五十来岁的男人，手里捏着老汪送给顾允吉的那支毛笔。

顾允吉看看老汪，就涎出口水，叫了一声："二小姐。"

老汪的面孔很红。

后边的那个男人就自我介绍，说他姓张，是顾蔓菁的朋友。

老汪心想四小姐也真是个人物。

那个老张继续告诉老汪，他是在外贸上做事的，近一段时间，日本客商来订苏州湖笔，需求量很大，湖笔厂来不及做，他在顾家看见顾允吉用这么好的湖笔在地上乱画。后来顾允吉就把他领到老汪这里来了。

他知道老汪是个老湖笔工人，他希望老汪不要把那一手技术白白地浪费掉了，他说现在做湖笔是很走俏的，因为日本人喜欢。

老汪叹口气说，现在没有人要他的手艺了，他一个人是做不成湖笔的。

老张就提醒他，说居委会啦，街道啦，能办别的厂，就能办湖笔厂，湖笔厂的设备要求是顶简单顶好弄的。后来老张还说倘是需要投资，他可以承担一部分的。

老张带着顾允吉走了以后，老汪很激动。

顾家住的那方小天井里，有一口三眼井，三个井口，合一个井身。井水是很清的，可是大家都不用这井水，井口上用一只铁网盖子盖住，前些年有一个人死在这口井里，大家犯忌。

顾家的人搬回来住，几位小姐自然也不主张用这口井，可是下一代的人不忌，就把铁网盖子掀在一边，用这口井的水，当然是便利多了。用了一阵，也没有犯什么忌，大家就定心了。

七月十五的夜里，月亮很圆，二小姐起来解手，看窗帘没有拉上，外面的亮照进屋来，她去拉窗帘，就看见弟弟立在天井里的那口井边。

二小姐就出去叫他进屋睡觉，顾允吉摇摇头，手指着井里，神情很激动。

二小姐看看弟弟，又看看井，什么也没有。后来，她突然想到了什么，连忙问弟弟，是不是看见一团很浓很浓的云雾从井里出来。

顾允吉点点头，涎着口水，叫了一声："二小姐。"

二小姐心里害怕，把弟弟哄进去，自己回到屋里，睡不着了。她小的时候听宅子里的老人说过汲云井的，说是汲云井因云从井出而得名。这种云从井出的怪状，一百年才出现一次，必是在七月半的三更，谁撞见了，必致祸。

天亮以后，二小姐就到大小姐那里去说这件事，大小姐也害怕。顾家的四位小姐，对这个痴愚的弟弟是十分疼爱的。大小姐和二小姐商量下来，决定这一段日子守住弟弟，不让他出去乱跑，并且动员三小姐的一个儿子陪他一起睡。

三小姐的一个儿子说："陪他睡，我恶心。"

三小姐的另一个儿子说："服侍他，你们给几块钱一天？"

后来大小姐想起来，说："我记得从前说的汲云井见云，要外出才能避祸，不是关在屋里的。"

二小姐想想，也记起了这种说法。四小姐虽不如两个姐姐那样迷信得深，但从小也是受的那种教育，必是有影响的。大小姐说要让弟弟出去避一避，她就说，老汪要出去，要到乡下去收羊毛。

老汪怎么肯带顾允吉到乡下去呢，他这次是回浙江老家，他有好多年没有回去了。别人见他带一个痴子回去，会笑话他的。

大小姐和四小姐就对二小姐说："你去，你去求老汪，他必定会答应的。"

二小姐不想去，她说："其实，其实，让老汪带弟弟也不大好。"

大小姐说："好的，老汪热心肠，做事也是有头脑的。"

四小姐说："老汪会对弟弟好的，老汪因为……"她没有再说，二小姐已经有点尴尬了。

二小姐就去求老汪。

老汪就答应了。

后来老汪就带着顾允吉到乡下去了，顾允吉很开心，他和老汪很合得来，他很服老汪。

几位小姐总算是松了一口气，夜里睡得也安稳，天井里是安静的。

过了几天，顾允吉跟着老汪回来了，一进门，他兴头十足对大家说："我回来了。"

顾允吉从来不讲话的，顶多只喊一声某小姐。

几位小姐惊疑得不得了，围上去看他。

顾允吉把她们拨拨开，说："我要结婚了。"

小辈都笑，几位小姐却是着急，大小姐和二小姐就到墙门间去看老汪。

不到半年时间，东吴湖笔社就很有点名气了，也很有点实惠了。

大家说，倒看不出啊，看老汪样子蛮老实的，倒是别有一套功夫的。

总是把老实的人当作没有能力的人，其实是不对的。老汪就是一个很老实的人，老汪也是很有能力的。

老汪白手起家办了一个湖笔社，现在不光还清了当初的借贷，又盈利多少多少，是四位数，还是五位数，还是六位数，有很多说法。问老汪，老汪就笑，就老老实实地说一个数字，别人总是不相信的。

老汪对顾家二小姐一直是有情有意的，从前人家说他想二小姐的心思，他是很自惭形秽的，现在他不一样了。但老汪不是那种骨头很轻的人，不会有了几个钱就财大气粗的，他见了二小姐，仍然是很难为情，很不好意思的。

倒是二小姐对老汪比以前好，她有空闲就去给老汪烧烧洗洗，把墙门间弄弄干净，邻居就有点看轻二小姐的为人。其实二小姐是因为老汪待她的弟弟好。她是很感激老汪的。

大小姐有一日就问二小姐说："芸香，你同老汪，怎么样呢？"

二小姐摇摇头。

大小姐和二小姐一时都没有说话，她们大概在想海峡对面的那个人，他去了四十年，没有人晓得他的死活。

后来大小姐就对二小姐说："老汪人也蛮好的。"

二小姐说："老汪文化很低，他说吃中饭总是说吃点心，嘻嘻。"二小姐一边说，一边抿着嘴笑。

大小姐也笑笑，她说："现在不大讲究了，从前是很讲究的，维桢那时为了对我们的上句，苦读三年吟诗作对……"

维桢是大小姐的丈夫。两位小姐现在很容易就想起从前的事情来，从前的事情就像在眼前似的，很近很近。

她们就把老汪忘记了。

二小姐忘记老汪的时候，老汪正在出风头呢。有日本客人来参观湖笔社，老汪面孔上是很光彩的。

顾允吉是每天都要到老汪那里去的，他看见日本人拿相机帮老汪拍照，灯光一亮一闪，他很兴奋，在边上转了半天，就奔回家去。

大小姐和二小姐看他气急吼吼地回来，不晓得有什么事，顾允吉涎着口水，喊了一声"二小姐"，就拉住二小姐的手，要她出去。

二小姐跟着顾允吉到老汪那里，老汪看见二小姐来，就更开心，话就更多。翻译也懒得再翻给日本人听，就只有老汪一个人讲。

后来日本客人走了，老汪领着二小姐看湖笔社，告诉二小姐，现在收羊毛很难了，要到苏北去收。苏州乡下的农民都是杀羊剥皮的，那种连皮一起下来的毛，是不能够做湖笔的，而且苏州乡下现在羊也很少了，因为没有地方吃草。 苏北乡下羊比较多，苏北人是习惯吃连皮羊的，所以到那里去比较好收。 老汪又说兔毛也能做湖笔，但是兔毛太脆，容易断，所以兔毛笔不值钱。 老汪说黄鼠狼的毛做湖笔是顶好的，可是现在黄鼠狼很少，很珍贵。 老汪还说做湖笔现在也不大容易的，笔杆也涨价了，浙江的山里人把竹子砍下来在石灰坑里浸泡，让它们变成纸，省力并且还有效益。 他们不高兴将粗大的竹子做成细小的精致的笔杆，嫌那样劳动代价太高，赚钱太费力。 老汪还说羊毛也越来越贵，现在美国人来抢羊毛，日本人也来抢羊毛，羊毛的价格就上去了，跟着台湾人也来了。

老汪说到台湾人，二小姐心里就很难过，但是面孔上是看不出的，所以老汪是不晓得的。

二小姐不喜欢听老汪讲羊毛兔毛做毛笔，不过二小姐为人是很和善的，她不会去打断老汪的话，她很懂礼。

所以老汪就一直讲下去，还把那些毛拿出来给二小姐看，二小姐闻到有股臊气味，她没有说什么。

二小姐很想回去，就对顾允吉说："弟弟走吧，老汪很忙的。"

老汪连忙说："不忙不忙，我现在是不忙的，刚开始那会儿是很忙的。"

这时候专门帮人家洗衣裳洗被子的包阿姨帮老汪送两条干净被夹里来，看见二小姐在，包阿姨就说："喔哟，二小姐难得，平常不大看见二小姐出来跑人家的，还是老汪面子大呀。"

二小姐的面孔就红了。

包阿姨就笑，又说："老汪老来福呀，运道不错呀。"

老汪是喜欢听这种话的，二小姐是不喜欢听这种话的。她听了以后，不光面孔红，眼泪也要落下来了。老汪看见，就对包阿姨说："你不要瞎讲啊，都是一把年纪的人，不可以瞎说的。"

包阿姨就白老汪一眼，说："喔哟，老汪已经会帮腔了，肉痛了，都是一把年纪的人，装什么腔呀。"

二小姐真是气煞了。

后来包阿姨走了，老汪对二小姐说："你不要动气，你不要睬她，她这种人，没有知识的，没有水平的，粗鲁煞的，你晓得她为啥眼皮薄？"

二小姐不晓得。

老汪笑了一笑："她呀，面皮比城墙还要厚，她自己跑到我门上来寻过我的，说是看中我的。"

二小姐听了老汪的话，面孔又红了，心里还有一种异样的感觉。

这时候顾允吉就走过来对他们笑，涎着口水，叫一声"二小姐"，之后他又说一句："我要结婚。"

二小姐要带他回去，他不肯。老汪说："你让他在这里吧，他不闯祸，还帮我拣羊毛，这种乱糟糟的毛，他会弄的。"

二小姐就一个人回去了，她没有再到大小姐屋里去。

到夜里，大小姐就到二小姐这边来。 大小姐告诉二小姐，她白日里睡觉时，做了一个梦，见了父亲，父亲和她说了好多好多话，但是她醒来的时候，都忘记了。

二小姐叹了一口气。

大小姐看看她，就说："看我们弟弟的样子，脑筋比从前清爽多了。"

二小姐点点头，后来又摇摇头，说："总归是不灵的。"

大小姐也叹口气，说："不灵是不灵，不过倘是试一试，也是好的呀。"

二小姐说："这种事怎么可以试一试呀。"

大小姐说："不过我从前听大人说，有种痴毛病，阴阳一合，就会好的，再说，弟弟这一阵对这桩事好像是明白了一点的。"

顾允吉那次跟老汪到乡下去，不知为啥回来以后就晓得要结婚。 大小姐和二小姐都问过老汪，老汪也弄不明白，想来想去，说顾允吉大概在乡下看见了什么。 他们那地方的人家，过日脚是很随便的，做夫妻间的事也是很随便的。 他说顾允吉可能是看见了什么，有点开窍了。

大小姐和二小姐又去把四小姐叫来一起商量，四小姐就反对，说她们是要去害人家女人的，可是大小姐眼泪汪汪说顾家没有后人传血脉，父亲死不瞑目的，四小姐就不说话了。

后来她们又把三小姐从省城叫回来，叫三小姐发表意见。三小姐说："弟弟既然自己有这个愿望，我们就帮他寻找一个，反正现在都要自愿的，不好强迫的。"

三小姐很忙，她帮两个姐姐拿了主意，就回省城去了，具体事情就由大小姐和二小姐去办。

大小姐和二小姐心里都明白，顾家虽然从前有一点名堂，现在也还有一点房产，有一点家底，但是弟弟要想讨一个城里姑娘是不可能的，找一个乡下姑娘，想办法把户口弄上来，倒是有可能的。

大小姐和二小姐就又想到老汪了。

二小姐求老汪的事，总是叫老汪为难的。不为难的事二小姐也不会去找老汪。

老汪相帮二小姐，总是心甘情愿的，可是二小姐要老汪帮顾允吉讨一个女人，老汪就很犯难了。

老汪抽着烟，又是咳嗽，看见二小姐难过的样子，他心里也难过。

"你们乡下，"二小姐小心翼翼地说，"老汪你们乡下有没有小姑娘……"

二小姐和老汪说话，大小姐守在旁边是不大插嘴的，这时候，她也说："不一定是小姑娘，二婚头也好的。"

老汪叹口气。

大小姐又说："想办法把户口弄上来，你说呢老汪。"

二小姐说："我还有几件金器。"

老汪摇摇头说："人家不稀奇的，现在我们乡下那里，不稀奇的。"

大小姐就很着急，二小姐的眼圈红了，有泪水在眼眶里。

二小姐对弟弟的真心，老汪看了很感动。老汪后来就丢下湖笔社的工作，专门回乡下老家去帮顾允吉物色对象。

二小姐把老汪送到码头上，眼泪汪汪地对老汪说："你走好，老汪。"

船就开走了。

二小姐回顾宅的时候，看见顾允吉坐在三眼井的井圈上哭，见了她，就涎着口水，叫一声"二小姐"。

本来围住顾允吉的外孙们，见二小姐来，就散了。二小姐晓得他们又在欺侮舅公，就说了他们几句，小孩子们就从窗户里探出头来，唱山歌，挖苦嘲笑顾允吉。

其实小孩子们是不懂这些的，必是他们的父母教的。二小姐就不去理睬他们。

顾允吉却是喜欢和他们纠缠，他又说："我要结婚。"

小孩子们便一齐拍手大笑，朝顾允吉吐唾沫，扮鬼脸，并且说，戆大倘是结婚，他们就要搅得戆大结不成婚。

顾允吉就呜呜地哭了，二小姐劝他，他也不听，只是往井下边看。

跪書一笑
一札形容盡致而不知
順而不知海棠之何
笑話看探數以啟其悟芸書以
一笑字兩前因字尤宜細
此時還不算遲也沒什

范小青和哥哥

知青时代（1975 年）

访问苏联(1990 年)

和范小天、苏童、叶兆言一起（1993 年）

从左至右：徐莉萍、方方、林白、范小青、舒婷、魏微

和先生谈小说（1983 年）

与父亲、儿子在一起

二小姐很生气，对几个外孙说："你们这种小人儿，怎么这样没有家教。"

这时候三小姐的大儿媳妇王莉和四小姐的女儿三三就从自己的屋里走出来了，她们看看二小姐，又看看顾允吉，相互做个眼色。

王莉说："小孩子的话，说起来是不大好相信的，不过戆大结婚，真是出了世也没有听说过的。"

王莉一边说一边走近顾允吉，问他："你晓得什么叫结婚啊？"

顾允吉往后一缩，涎出口水，叫一声："二小姐。"

王莉和三三一齐笑起来，小孩子们便也笑。

三三对二小姐说："二阿姨，你和大阿姨不晓得，人家外面全在笑我们顾家，说你和大阿姨老糊涂了。"

二小姐气得哆哆嗦嗦，话也讲不出来。

王莉说："哎呀，二阿姨和大阿姨的心思我们也晓得，传宗接代是不是呀。其实嘛，这种小人儿，也是顾家的血肉嘛。我再说回来，一个戆大，就算会结婚生儿子，会有什么好货生出来呀，不要再养个小戆大出来，现世报，别人笑煞啊。"

这桩事确实是二小姐和大小姐顶担心的，二小姐被说中心思，很伤心。

三三靠近二小姐，笑眯眯地说："二阿姨，说你有黄货要给戆大讨女人，真的呀。"

二小姐不说话，去拉顾允吉，要他进屋里去，顾允吉不肯，二小姐就一个人进屋去了，她听见他们一帮人在天井里笑。

二小姐坐在屋里生气，听见屋梁上老鼠追来追去，她轰它们，也轰不走。老屋里的老鼠，比人凶，比人资格老，那几年顾家的人被赶出老屋，老鼠却是赶不出去的。

阿凤下班回来，把一包老鼠药拌在饭碗里，二小姐在一边看她拌。

阿凤突然回头问她："妈妈，你怎么不去打听台湾的消息。"

二小姐一吓，说："什么台湾消息。"

阿凤说："现在人家屋里有台湾关系的，全去联系了，联系上的，就额骨头了，人家台湾人回来转一圈，什么都有了。"

二小姐说："我们不想。"

阿凤说："你不想，我想嘛，你不去联系，我要去联系的。"

二小姐说："阿凤，不要去翻什么花头了，现在日脚也蛮好过了，缺什么，你开口好了，我总归会让你称心的。我就你这么一个女儿，心思总归用在你身上的。"

阿凤说："你的心思在戆大身上，大家全晓得的，你的黄货不肯给我，要给他的。"

老鼠在梁上打架，打得屋梁震动起来，阿凤拿一根竹竿去打老鼠，老鼠跑掉了。 阿凤说："是不是，你喜欢戆大。"

二小姐看看她："我不是已经给你两只戒指了吗？"

阿凤也朝她看看："两只线戒。"

二小姐说："你们是好好的人，可以自己做出来了。 你舅舅不来事，我不给他，他怎么办？ 他不会去做出来的。"

阿凤说："你也不是自己做出来的，为啥要叫我们自己去做出来，现在外面就是要吃爷娘的，我们为啥不可以吃爷娘。"

母女两个总归是讲不清道理的，二小姐只好说："我再给你一副耳环，要等老汪回来。"

大小姐和二小姐等老汪等得很是心焦，其实老汪去的时间并不是很长。 后来老汪回来了。 老汪回来，也没有进自己的家门，就来看二小姐。

老汪很激动。

二小姐和大小姐很紧张，二小姐给老汪拿烟、沏茶，老汪先喝茶、抽烟，然后就把好消息说出来了。

现在在老汪他们乡下，讨一个女人是很费钱的，造几楼几底的房子先就要几万，所以有些经济上搭不够的，就有些困难。 所以，后来就常常有人把四川或者其他什么地方的女人弄来卖给他们做女人，三千块、五千块就买一个。 慢慢地，老汪他们家乡就和四川那些地方攀上了亲。 四川女人也是很会合道的，自己来了，小日子自然比山里好，就想把姐姐妹妹们也弄来。 所以老汪回去，看见有几个尚未攀亲的四川女人，老汪就去探她们的口风，四个人当中有两个人是情愿的。

老汪先是看中稍微稳当一点的那个，可另一个缠住老汪，要跟老汪上苏州。 老汪看看这一个比另一个漂亮，又活泼讨人喜欢，就有点动心了。 他想二小姐她们肯定也是喜欢漂亮的，老汪一时不好做主，就带了两个人的照片先回来了。

大小姐和二小姐听老汪说了，又看了照片，老汪又介绍了两个女人，老汪介绍的时候，就偏向了长得漂亮的这个，大小姐和二小姐也认为这一个好，就定下来了。

老汪说："我先写封信，叫她出来，好吧。"

二小姐看看老汪，眼泪汪汪地说："老汪，你真好。"

老汪等大小姐走开了，就抓住二小姐的手说："二小姐，你也好。"

二小姐心里一跳，她很想把手抽出来，可是老汪把她的手拉得很紧。

后来大小姐又进来了，老汪就放开了二小姐的手。

第二天，二小姐看着老汪把那封信丢在路口的邮筒里，她心里好像落下了一块大石头，轻松多了，这么多年了，她一直被束缚着，什么事也不好做的，现在她终于做成了一件事。

三

对顾宅的历史考证工作，已经做了一段时间了，开始只是查找资料，做书面文章，等上面的头绪整理得差不多了，就开始实地考察。

顾宅很大，先是看房子，一落一落、一进一进、一间一间地考据，然后是过道，然后是天井，最后就考证到顾宅的井。

顾宅里原先总共有水井十二口，后来废了三口，又封了两口，现在还继续用的，有七口。

水井本来是没有什么稀奇的，在地上挖个洞，三尺五尺就可以见水，就成水井了。这地方水位高，好挖井，大家就挖了很多的井。不过也有另外的说法，说井都是在水位很低、干旱的时候挖出来的，总是因为遇旱了，临时抱佛脚，人就是这样过日脚的嘛。

一般的水井是没有什么稀奇的，可是汲云井就很稀奇。说汲云井下面有异物，要不然，怎么会有云从井里出来呢。

顾宅从前在太平军战役的时候，是被太平军打过馆子、做过行营的。宅里很粗很粗的木桩上，留着许多刀砍的痕迹。并且说这汲云井里，有顾家上代避难时丢下去的金银财宝，也有说是太平军杀了人抛进井里的，还有说是顾宅的女眷遭了太平军的欺侮投井的，各式的说法都有，反正从前大家都晓得汲云井是有点名堂的。

考古的人就是要考证这许多说法中哪一种是正确的，是符合事实的。

这个事情就很难办，现在顾家后代里年纪最大的大小姐和二小姐都说不出什么名堂来，别人就更加弄不明白了。

人家就要把汲云井里的水抽干了看一看它的真面目。

大小姐和二小姐说，隔几日吧，这几日家中要办事情。

考古的事情反正也不着急，人家就同意了，说过一阵再来打扰。

大小姐二小姐她们就给顾允吉办婚事。

那个四川女人从乡下来之后，老汪就带着她到顾家来，一一拜见了大小姐、二小姐、四小姐。这个女人也很乖巧，很讨二小姐的喜欢，老汪自然也是很喜欢的。

后来就要开后门去办结婚证，要准备办喜酒，都是老汪一个人奔前奔后相帮的。大小姐二小姐她们一则是上了年纪，二来她们本来也不大会操办这些，所以就让老汪去忙了。

别人看老汪奔来奔去，就对他说："老汪啊，看你真是起劲，巴结得来。"

老汪说："我是相帮相帮的，他们顾家没有男人撑场面，几个老小姐弄不来的。"

人家就说："怎么没有男人，顾允吉不是男人啊？"

老汪笑了："哎呀，你们又不是不晓得，他是脑筋里有毛病的人呀。"

人家看看老汪，反问他："脑筋里有毛病的人，还要讨女人啊？"

老汪张张嘴，没有说出什么来。

人家又说："老汪你这个人，把人家小姑娘骗来嫁一个戆大，你罪过啊。"

老汪想不落，过了一会儿才说："人家小姑娘晓得顾允吉有毛病的，我同她讲清楚了，她自愿的，怎么好讲骗呀。"

别人就取笑他："老汪哎，等你做了顾家的上门女婿，还要起劲呢。"

听这样的话，老汪心里总归甜滋滋的。

顾允吉这几日像是很懂道理的，每天也不出去瞎荡了，只是到二小姐屋里看一看四川女人在不在，若是在，他就笑嘻嘻地喊一声"二小姐"，退出去。只有一次四川女人躲在里边换衣裳，他没有看见她，就哭了起来，四川女人走出来，他就不哭了。

二小姐就对四川女人说："你看，其实他是很好弄的，他不是武痴，他的心是很善的，他只是比别人笨一点。"

四川女人点点头，看看顾允吉，朝他笑笑。顾允吉开心了，就要去拉她的手。二小姐说："弟弟，你不要急，再过几天，你们结婚。"

顾允吉就走开了。

后来就办了喜酒，大家吃过喜酒，四川女人就搬到顾允吉房间里去了。

　　那一天夜里，二小姐开始睡不着，后来听见顾允吉房里很安静，不像要出洋相惹人笑的样子，二小姐就睡着了。

　　顾家办过喜事，人家就来抽井水了。可是这汲云井里的水，抽来抽去抽不干，抽了三天，还是那样子。

　　地底下的东西，地面上的人看不见，也就搞不大清，谁晓得呢，那些阴沟洞大概和水井都是一个脉络的，所以抽出来的水灌进阴沟洞又回到井里去了。

　　井底下的古没有考出来，井水却弄浑了，井底的烂泥都翻了起来，好长时间沉不下去，这井水就不大好用了。

　　不过好在现在都接了自来水，自来水比井水更加便利一些。

　　老汪住的墙门间就要拆了，要恢复成原来的样子。

　　原来的样子，应该是有墙门而没有墙门间的，所以老汪就不能再在这里住了。

　　照规矩政府动员拆迁，是要根据有一还一的政策另外分配房子的，老汪就分到了一个小套的新公房，面积和顾宅的墙门间差不多，但是条件要好得多了，有厨房，还有卫生间。大家眼热老汪，说老汪有福。老汪却拖拖拉拉不肯搬，人家都晓得为什么，二小姐心里自然也明白，可二小姐总是不开口。老汪就每天到这边来坐一坐，有时候二小姐在休息，他就坐在客堂间，或者立在天井里，抽两根烟就走。

　　大小姐和四小姐看见老汪，心里就有点不过意，顾家小辈里的人见了老汪，心里就有另外的想法。

　　老汪出去以后，大小姐和四小姐就到二小姐屋里去，二小姐其实没有睡，她只是想躲一躲老汪，大概除了老汪不晓得，别人都是晓得的。

　　二小姐见大小姐和四小姐进来，就为难地说："你们看，他这样？"

　　四小姐就说："人家老汪是真心诚意的，老汪人也蛮好的。"

　　大小姐点点头。

　　二小姐不说话。

　　四小姐又说："也不好太搭架子的。"

　　二小姐不开心，把面孔扭过去。

　　大小姐说："芸香的心思我晓得的，看不中老汪的，嫌老汪粗俗一点，文化也嫌低一点。"

　　四小姐"哼"一声，说："我们二姐夫倒是不粗俗的，倒是知书达理的，可惜一走就走得没有影子了。"

　　大小姐看二小姐眼圈红了，连忙说："这也不可以怪他的，他也是没有办法才走的，那时他是要带芸香走，芸香自己不肯走的。"

　　四小姐不服气，说："那时候走是没有办法，现在人家去台湾的，都回来寻亲人了，他为啥连封信也没有来。"

　　大小姐说："也不晓得……"才说几个字，看看二小姐的面孔，就不说了。

二小姐呆顿顿地坐在那里。

四小姐看看她，又说："要是看不中老汪，就早点跟人家讲清爽，这样不清不爽，吊人家胃口，弄得人家不定心，不好的，索性去讲讲清爽，叫人家死了心。"

大小姐连忙说："也不作兴的，人家老汪帮了我们多少忙，弟弟的事，全靠老汪相帮呀，事情办好了，就不要人家来了，不可以的，不作兴的。"

二小姐朝大小姐和四小姐看看，就哭起来了。

大小姐和四小姐拿她没有办法。

老汪回到墙门间，动员拆迁的人又在等他，老汪心不舒畅，对人家摆面孔，说："烦煞人了。"

人家说："你嫌我烦，我还说你猪头三呢，配给你新公房你不要，你要什么？"

老汪晓得自己没有道理的，只好不响了。

人家却不肯放过他，叫他定日脚搬走，说再不搬就要罚了，不识相要吃辣乎酱。

老汪烦不过，说："明天搬，明天搬，好了吧。"

人家不相信他，又缠了他半天，才走了。

老汪刚刚出了一口气，那个人却又追回来了，对他说："老汪你的心思大家晓得。其实老汪你真是拎不清，人家顾家门里的小姐，都是讲究文雅的，像你这样盯急急，人家不欢喜的，你索性走远点，人家反而会牵记你，你信不信。"

这一番话很见效果，老汪想了大半夜，第二天一早就跑到顾家去，告诉大小姐他要搬了。大小姐连忙去喊了二小姐出来，二小姐听了，果真有点不舍得的样子。

老汪房里东西不多，搬搬弄弄半天就搬完了，到下午，老汪正在收拾新房间，大小姐就陪了二小姐到新公房来看老汪。

老汪很开心，一开心就更加紧张，他给她们倒了茶，就坐在一边看着二小姐，却是说不出什么来。

二小姐低了头，好像在等老汪说什么。

大小姐坐了一会儿，看老汪不开口，就说："老汪哎，我们和你，轧得像自己人了，对不对？有什么话你讲好了。"

老汪说："没有什么，没有什么，没有什么讲的。"

大小姐也不好再说什么了。

后来两位小姐要告辞，老汪就急起来，说："二小姐，你什么时候再来？"

二小姐不响。

大小姐说："要来的，总归要来望望你的，老汪你相帮我们的事，我们不会忘记的。"

老汪送她们出去，心里很懊悔，到晚上，二小姐的养女阿凤来了，老汪很奇怪，从前小凤看见他，都是冷言冷语、冷眉冷眼的。

阿凤进来笑眯眯地对老汪说："老汪哎，你为啥不开口？"

老汪叹了口气。

阿凤又说："其实嘛，我姆妈是怕难为情呀，你男人家不开口，她怎么会先开口呀？"

说得老汪面孔红了，现在的小青年，真是老吃老做的，不过他想想这几句话是有道理的，也笑起来，说："我怎么开口呀，我这个人，嘴巴笨煞的，我不会的。"

阿凤笑了，她说："其实她的心是很软的呀！"

老汪听了很开心。

后来阿凤又说："到时候你倘是搬过去住，你这套房子不要随便出手啊，调给我，我要的。"

老汪点点头："那是自然的，自然要给你的。"

阿凤开开心心地走了，老汪也开开心心地睡了。

老汪的人缘看起来是很好的，顾宅的小辈也愿意来撮合他和二小姐的好事呢。

可惜老汪和二小姐总是没缘分。

有一天顾宅里突然来了一个台湾客人，说是二小姐男人杨兆麟的朋友，从台湾过来，兆麟托他带了一封信给二小姐。信中还夹了两张照片，一张是兆麟一个人照的，另一张是兆麟在台湾的一家人照的，有老婆和三个孩子，两男一女。兆麟的台湾老婆看上去很年轻，虽然没有二小姐年轻时漂亮，但是蛮有风度的，拿现在人老珠黄的二小姐和她比，是不好比的了。

二小姐一看这两张照片，就晕了过去，过一会儿醒过来，就不停地流眼泪。

兆麟的那个朋友说，兆麟过一阵也要回来了，听了这个话，二小姐又哭。

等二小姐哭得差不多了，兆麟的朋友也要回台湾去了，二小姐也请他带了信和照片给兆麟。

事情过去以后，四小姐和二小姐说："好了，现在那边的情况也晓得了，人家早就另娶了，你和老汪的事可以定了。"

二小姐说："他下半年可能要回来的。"

四小姐说："你以为他回来了就不走了呀。"

可是二小姐始终没有松口。

顾家因为得了二小姐男人的信息，很乱了一阵，一时里对顾允吉和他的四川女人的事也就不大上心了，等到一切恢复了原来的样子，大家就发现四川女人已经不是原来的样子了。

四川女人怀孕了。

大家数数日脚，心中就有数。

大小姐和二小姐也晓得蹊跷，她们倒不是非要戆大弟弟娶个处女，但倘是四川女人生下别人的小孩，冒充顾家的后代，那是要被人笑话的，祖宗也要动气的。

照理夫妻间的事，别人是不大好问的，但大小姐和二小姐忍不住还是找了四川女人来问。

她们自然不好把话问得太明白，但四川女人是很聪明的，她自然晓得她们的意思。她觉得很委屈，说："反正我是说不清的，我说了你们也不会相信的，我晓得现在是可以验血的，可以查出来是谁的小孩。"

二小姐听她这么说，就不好再去怀疑她了。

到了日脚，四川女人就生养了。她身体健壮，是顺产，没怎么听她叫痛，就生下一个儿子，四川女人很开心，她很喜欢自己的儿子。顾家的人，也是开心的，但总是有一点说不出的味道。外面的人当然是要说闲话的，没有人相信这个小孩是顾允吉的，因为小孩还很小，也看不出像谁，所以大家就乱猜。

顾允吉自己也蛮喜欢这个小孩，看看他，就朝他笑，叫一声某小姐。

二小姐背地里问过顾允吉，顾允吉只是朝他笑，叫她"二小姐"。二小姐也问不出什么来，只是心里不舒畅，她本来是很和善的人，可是见了四川女人，态度就和善不起来，四川女人也不计较她的态度，因为她有话在先，她曾经叫他们去验血的。二小姐她们心里也想去验血，验了血就晓得了。但是她们是不会去的。所以四川女人抱了儿子在顾家里里外外前前后后走来走去，很神气。

大小姐二小姐她们心里总是不安逸，就想起来可以到老汪那边去打听打听，老汪是介绍人，应该是有责任的。

去找老汪自然是二小姐的事，可是二小姐不肯去，四小姐说："你不去，谁去？ 我们同老汪又没有什么。"

二小姐说："我同老汪有什么？"

大小姐说："不是你同老汪有什么，老汪对我们顾家不错，他搬走以后，长远不来去，过去望望他也是应该的。 老汪同你最谈得来，我们去，就没有什么话讲了。"

二小姐晓得躲不过，就挑了一个日子去老汪的新家，在新公房的四层楼上。 二小姐爬上四楼，喘着气，去敲老汪的门，心里"扑扑"地跳。

老汪来开门，看见二小姐立在门口，面孔煞白，嘴唇发紫，呼哧呼哧喘气，吓了一跳，连忙去搀住她，说："哎呀，二小姐，你怎么啦？"

二小姐朝他笑笑，说："我来望望你，爬四层楼，吃力了。"

老汪笑起来，连忙让二小姐进屋，叫她坐下，又去冲了一杯甜奶粉，二小姐喝了一口，觉得心里好过多了，对老汪笑笑。

老汪立在二小姐面前，还是那种样子，有点难为情，有点恭敬二小姐，又有点怕二小姐。 二小姐看老汪这样，也很难为情，一时就说不出什么话来。 两个人面对面，都很尴尬。

二小姐后来听见卫生间里放水的声音，接着卫生间的门就开了，二小姐看见包阿姨一边锁裤带一边走出来。 包阿姨看见二小姐，又看看老汪，看看两个人的样子，就说："啊呀呀，你们两个人，像小青年谈恋爱。"

　　说得二小姐面孔通红，老汪又偷偷地朝二小姐看。

　　包阿姨又说："二小姐，长远不见了，这一阵日脚蛮好吧。 听说你们家戆大生了儿子，大家稀奇煞了，真是滑稽事，戆大怎么……"

　　老汪连忙打岔，叫二小姐喝奶粉。 二小姐听了包阿姨的话，奶粉就喝不下去了，她呆顿顿地笑一笑，才想起来问了一句："包阿姨，你也到老汪这里来望望？"

　　包阿姨朝老汪丢了一个眼风，声音娇滴滴地说："喔哟，二小姐你消息不灵通嘛，我同老汪，做一家人家了，老来伴呀，你还不晓得，噢，对了，喜糖还没有派给你呢。"包阿姨就去拿了几包糖，给二小姐。 二小姐拿也不好，不拿也不好，她的面孔更加红了。

　　包阿姨看看二小姐，哈哈笑，说："二小姐，你已一把年纪了，怎么像小姑娘一样，面皮薄得来，一碰难为情，一碰不好意思，来来来，看看我们的新房间。"

　　包阿姨拖二小姐到房间里，虽然没有什么好料做的家什，但弄得整洁干净，十分清爽，同从前老汪一个人住墙门间时，是不好比了。 二小姐看了，心里又有点酸溜溜的。

　　包阿姨向二小姐炫耀了一番，回头看老汪，老汪就朝她笑，包阿姨也笑了。

　　老汪看二小姐不喝奶粉，就对包阿姨说："二小姐大概不喜欢甜的，你去泡杯茶吧。"

　　包阿姨泡了茶端了出来，老汪正在问二小姐有没有什么事。 二小姐说没有什么事，只是过来望望。 老汪就没有说话了。

　　后来就有人敲门，开门一看，是包阿姨的儿子建平。 建平进来，朝二小姐看看，也不招呼，对老汪也不看一眼，就对包阿姨说："喂，什么时候调……"

　　包阿姨朝二小姐瞟了一眼，就把儿子推进里房，房间的隔音不灵，里房的声音外面也能听见。

　　二小姐听见包阿姨哭脸哭调地说："你不要再讲了，反正老汪答应了。"

　　二小姐对老汪说："你们有事，我走了。"

　　老汪也不好再留她，就说："你走，我送送你。"

　　老汪就送二小姐下楼梯，一路关照她小心。 到了楼下，老汪又问："二小姐，你有什么事情，你讲好了，我总归会尽力相帮的。"

　　二小姐犹豫了一会儿，终究还是摇了摇头。

　　老汪送出一段，就回去了。

　　二小姐回到家里，大小姐和四小姐就过来问。

　　二小姐有点急，说："我是不肯去的，你们偏要我去，人家老汪……"

　　四小姐说："老汪怎么样？"

　　二小姐不开口，被问急了，才说："老汪结婚了，是包阿姨。"

　　大小姐和四小姐互相丢个眼风，四小姐说："老汪结婚归老汪结婚，你是看不上老汪的，老汪也只配和包阿姨凑凑，你有没有问弟弟的事？"

　　二小姐说："人家结婚了，我怎么好问？"

　　大小姐和四小姐就不好再追下去了。二小姐不响，别人就更加不好问顾允吉生儿子的事，就只好这样糊里糊涂地摆在那里。

　　过了一段时间，二小姐觉得身上没有力气，躺倒了，没有再爬起来。

　　后来二小姐就过世了，也没有什么大毛病。二小姐临终，面孔看上去很安逸，看不出有什么掉不落的事情。但是大家想，二小姐肯定有事情掉不落，她的眼睛不肯闭，是大小姐帮她合上的。

　　　　　　　　　　　　　　　　　　　　　　（1989 年）

我不喜欢读书，更不喜欢考试，一直到离开学校几十年后，还老是做着考试考不出的梦，急死人。可喜的是，我不读书的愿望在十几岁的时候就有希望如愿了。我跟着父母下放到农村，在一所只有一个复设班的片中混了一阵，就算初中毕业了，再也没得书念了。我欢天喜地，浑身骨头都轻飘飘的，跟着农村的孩子下地劳动，打打闹闹，比读书省力多了。

到了春天，红花草开花了，大片大片的红花，田野上是一望无际的红。但是过不久，农民就要将红花草铲掉，沤在田里当肥料。我觉得很可惜。可农民告诉我，没有什么可惜的，今年铲掉了，明年又开了。

那是我第一次知道红花草。一直到很多年以后，我才知道，红花草又叫紫云英。或者更确切地说，紫云英又名红花草。我查过字典，字典上就是这样说的：紫云英又名红花草。蜜为浅琥珀色，气味芳香，鲜洁清淡，甜而不腻，为上等蜜，有清热利尿、清肝明目之功效。

字典上写的，跟我在农村看到的，并不一样。农民种红花草，是因为它可以当肥料，而不是让蜜蜂采蜜的，更不是用来让人利尿清肝的。

在红花草盛开的日子里，我总是特别的兴奋，老往红花草田里跑。农民笑话我说，周小米，花痴才像你这样呢，红花草旺了，他们就发病了。我没见过花痴，那时候我也不知道什么是花痴，顾名思义，还以为是一个人因为喜欢花喜欢到发痴呢。

现在已经很难再找到那样大片大片的紫云英了。导演拍电影，用盆花来代替曾经有过的花海。许许多多盆花从南方空运而来，费用很高，但是为追求艺术效果，该花的钱还是要花。现在许多年轻人不知道紫云英，不知道红花草，不知道紫云英就是红花草。不是他们无知，是时代进步了，不再需要紫云英，也不再需要有人知道紫云英。

和我的快活相比，那些日子我妈却过得有点糟。她整天愁眉不展，又忙忙碌碌，早晨出门晚上回家，也不劳动，连农民都在批评她。他们对我说，周小米，还是你好，你比你妈妈更像农民哎。

谁也不知道我妈跑来跑去干什么。可有一天她突然出现在红花草田的田埂上，开始的时候我只是看到一片红花中有一个小黑点，渐渐地，渐渐地，小黑点越来越近了，越来越大，最后我终于看清楚了，小黑点是我妈。

我妈一路狂奔过来了。

小米，小米，妈大声喊着，你要上高中了。

我急得差点一头栽倒在红花草田里——原来我妈跑来跑去是为了让我继续读书，她竟然还瞒着我。

我妈在第一时间打听到了消息，我们那所破烂的片中，居然有两个上高中的名额。

我妈的身影在红花草的海洋里若隐若现，随着波浪的起伏，她的声音在空气中颤抖着，所以，我听起来，我妈好像在哭。

我觉得我妈有点异想天开。当然，初中毕业，很自然地，就要上高中了。但那是一个特殊的年代，所以一件自然的事情就变得不自然，不顺利了。

我希望不顺利，我希望我妈的希望落空。

我妈的希望确实很渺茫。我们片中四十多个学生，无论从哪个角度来衡量和挑选，我都不可能得到这两个名额中的一个。要成绩好的，轮不上我，要成绩差的呢，我又不至于差到最后一两名。看家庭成分，我的同学大多数是贫下中农的孩子，还有革命干部的孩子，如果反过来比谁的成分差，我又差不过他们——我们有富农的孩子，有富裕中农的孩子，甚至还有一个地主家的孩子，都比我家的成分高。我家是下放干部，虽然下放前有点问题，但这点问题不算太大，而且一下放这点问题就被抵消了。有大问题的人，是不允许下放的，会关在监狱或者到很远的劳改农场。总之，我在我们这所片中，就是一个两头搭不着的中间货。

所以，我不相信我妈能够成功。

可是我妈斩钉截铁地跟我说，小米，无论如何，得让你上高中，否则你十五岁就做农民了。我妈是个执着的妇女，她有知识，会动脑子，她说这话的时候，眼睛很亮，闪着光，光有点红，我知道，那是红花草映照的原因。可我妈眼睛里这道红色的闪亮的光，却在我心里投下了一个黑色的阴影，一方面我觉得我妈不可能成功，但另一方面，我开始担心我妈会成功。

虽然只有两个名额，表格却是每个学生都得填的。于是，已经毕业离开片中的同学，又被召集回来了。其实，这里百分之九十五的人是没有希望的，他们也许根本就不想要什么希望，比如我。但我们都得乖乖地填表，再老老实实地向组织交代一次家庭和个人的情况。我没有将填表的事情告诉我妈，可我妈早就知道了这件事情，在填表的前一天晚上，她反复叮嘱我，在家庭出身一栏，要填革命干部，爸爸的政治面貌是党员。我忍不住说，爸爸还是党员吗，他不是被——我妈赶紧打断我说，小孩子不懂，不要乱说，叫你填什么就填什么。我知道我爸的党员资格是被拿走了的，当然我并不知道爸爸的党员资格是什么时候为什么事情被拿走或者暂时拿走的。这件事情在我们家讳莫如深，从来没有人提起，最多也就是爸爸偶尔自言自语地嘀咕一两声，早晚会还给我的，早晚会还给我的。我不敢嘲笑爸爸的党员资格，就逗我妈，我说，妈，那你的政治面貌呢？妈说，妈妈的政治面貌是团员。 我终于逗着了我妈，我"噗"的一声笑了出来，说，妈，你多大了，还团员啊？ 妈也笑了，说，那你就填超龄退团吧。 我没脑子，不知道超龄退团是什么意思，想了想，又觉得奇怪，哪个团员最后不是因为超过年龄退团的呢，除非你没到退团的年龄就犯了错误被开除出团了。 我觉得这么填怪难为情的，妈看出了我的犹豫，紧张起来，她怕我坏事情，一迭声地说，小米，你要是不会填，明天我去帮你填。 我害怕妈妈破坏我的计划，赶紧说，我填我填，爸爸党员，妈妈超龄退团，我们家，革命干部。 妈见我说得很溜，放了点心，但过了一会儿，又叮嘱说，小米，这可是终身大事，等表格发下来，你要是觉得填不来，就跟老师说，把表格带回家填。 我赶紧点头答应。

　　我才不会把表格带回家呢。 我在爸爸妈妈的政治面貌栏里什么都没填，家庭出身填了"下放干部"。 我瞥了一眼旁边的夏晶晶，他家和我家一样，也是下放的，但他填的是"革命干部"。 夏晶晶也看了我的表格，他有点怀疑，也有点犹豫，说，你为什么填下放干部？ 没有下放干部的，要么就是革命干部，要么就是反革命。 我虽然不想继续念书，但我也不想让我爸爸当反革命。 我跟夏晶晶说，你觉得填下放干部能占便宜吗？ 夏晶晶警惕地看着我说，谁叫你这么填的，你妈妈叫你这么填的？ 我怕夏晶晶也学着我把家庭出身改成"下放干部"，不再理睬他，给了他一个白眼，把表格挪到他看不见的地方。 另一个同学也伸头看我的表格，奇怪地说，周小米，你爸爸妈妈没有政治面貌的？ 老师听到我们说话，过来看了看，说，这没有什么奇怪的。 他又向全班同学说明了一下，爸爸妈妈如果没有参加党派，可以不填，这一栏就让它空着好了。 有几个同学还不知道什么叫党派，又问老师，老师摇了摇头，也没再跟他们解释。

两天以后，老师把收上去的表格发下来了，说表格学校已经核对过了，基本准确无误，现在让大家最后再认真核查一遍，然后就交到公社去。 我拿到了我的表格，只瞄了一眼，就觉得有什么东西"嗖"地一下从脑门心子里蹿了出去。 我的表格，严格地说已经不是我的表格，或者说不是我填的表格，许多栏目的内容，跟我当天填的完全不一样了，比如我爸爸的政治面貌变成了"党员"，我的家庭成分是"革命干部"，几乎都和夏晶晶一样了。 我正吃惊这张表格是哪里来的，老师走到我身边，批评我说，周小米，你这个人太粗心，又笨，难怪学习成绩上不去，连张表格都不会填，幸亏那天晚上你妈妈找到我家来，才纠正了你填错的。我还想挽回败局，我说，老师，我没填错——老师生气地打断我说，周小米，你真不懂事，这种表格怎么能瞎填，填错了，说不定就耽误你的一生了。

我目瞪口呆。 我的妈，她不动声色，若无其事地做了一件事情，轻飘飘不费吹灰之力就把我往继续念书的方向推了一大把。

我要把自己拉回来，我得认真对待我妈，我得行动起来了。

其实当分配给我们片中的两个名额下来的时候，绝大部分人，老师、同学，包括大部分家长，心里都已经知道这两个人是谁了。

一个是方永辉，贫下中农子女，成绩顶呱呱，另一个是夏晶晶，革命干部家庭，成绩也顶呱呱。 这就是现状，是铁的事实。 所以，其他任何人的任何努力，想要改变这个事实，恐怕都是徒劳的。

只有我妈不明白这一点。 或者，她是明白的，但她下决心改变现状。

我妈深深知道，要想挤掉贫下中农子女方永辉，难度非常大。 但我妈还是抱着死马当成活马医的想法，到方永辉家去了一趟。

我妈竟然得到了一个意外的惊人的收获。

方永辉有远大的理想，他不想读书，他想当兵。 我妈惊喜交集，激动得差一点语无伦次，她立刻鼓励方永辉参军。她跟方永辉说，像你这样的有志青年，我保证，到部队不用多久，你就是四个袋袋了。 方永辉的贫下中农父母亲没什么文化，听说儿子能当四个袋袋，他们比我妈还要激动。 他们说，我们不读书，读书干什么？ 城里人读了书，都要下乡来当知青，我们乡下人读书干什么？ 我们不读书了，我们要当四个袋袋。

我妈离开方永辉家的时候，因为兴奋过度，差点被绊了一个跟斗，她的头撞在方永辉家的院门上，起了一个小包，回来后，还骗我们说，是在队长家撞的。

　　我妈在方永辉家的这个过程，我并没有看到，我妈也没有告诉我。她根本就不可能告诉我。我妈对我已经有所防范，早在填表格之前，我的一举一动，都已经被控制在她的眼皮底下，反过来，我妈的一举一动，我却无从知道。这是多么的不公平。

　　我不是我妈的对手。但是蟹有蟹路，虾有虾路，我做不了大螃蟹，我可以做一只小虾米。

　　我妈去方永辉家的第二天，我就知道了这件事情。方永辉跟我说，周小米，我要去当兵了。我当时心里一惊，但很快就镇定下来。我年纪虽然不大，心眼已经够多的了，我赶紧装出有兴趣的样子说，当兵好呀，我也想当兵，可惜不招女兵。方永辉果然中了我的奸计，顺着我说，要是招女兵，说不定我们就是战友了。我一听他的口气，感觉大事不妙，都已经开始套战友的近乎了，难道他当兵已经当成了？方永辉说，我运气好，今年空军地勤部队招兵，这是最好的部队。我说，你怎么知道？方永辉说，冯阿姨告诉我的，冯阿姨真好，她还教了我好多事情，让我和部队来带兵的首长多接触，多联系，让他们对我有印象，当兵就有希望了。

　　冯阿姨就是我妈。我妈的司马昭之心，路人皆知，方永辉不会不知道，他又不是傻瓜，只是他被参军的事情蒙住了双眼，蒙晕了脑袋。

　　我泼了他一瓢冷水，我说，你别以为你肯定能当上，首先你体检就过不了关。 我是一急之下瞎说的，没想到这一下却歪打正着地打在了方永辉的要害处。 方永辉顿时沮丧起来，说，你知道？ 你都知道？ 你知道我高血压？ 我又赶紧瞎说，看你的脸，这么红，肯定高血压！ 方永辉不由自主地摸了摸自己的脸，他吓坏了，说，我的脸红？ 真的很红吗？ 我说，不仅脸红，你的嘴唇都红，红得发紫了。 方永辉紧张地咬着嘴唇，说，我会紧张的，我真的会紧张的，我一紧张血压就会高起来。

　　我感觉到我的机会在渐渐地靠近，但我不知道怎么抓住它，我不知道该用什么样的办法去抓它。 这天晚上，我假装肚子疼，特意跑到赤脚医生那里，东磨西扯不肯走，引起了赤脚医生很大的怀疑，但他猜来猜去也猜不出我的目的，因为我以前曾经到他这里来装病逃学，他以为我又重来一遍，可是我告诉他，我已经毕业了，不用再上学了。 这样他就更猜不着了。

　　我终于打探到了对我有用的情报，怀揣着重要的情报，我回家睡觉了。

　　到了征兵体检的前一天，我特意去看了看方永辉，他果然紧张得不像样子，跟我说话都哆哆嗦嗦了，好像我就是带兵体检的部队首长。 我安慰了他，偷偷地告诉他，有办法对付高血压。

　　方永辉病急乱投医，听了我的话，第二天体检前，喝下去几大缸子冰凉的水，那可是数九寒冬，方永辉被冰得脸和嘴唇都发紫了，当然不会高血压了。

那天在体检的现场，全是想当兵的年轻人和他们的家长，但是有两个人例外。

这两个人你们一定猜着了，对了，就是我和我妈。

我妈看到我出现在那里，警惕地盯了我一会儿，说，小米，你来这里干什么？我说，不干什么，瞎看看，看看招不招女兵。我又反问我妈，妈你来干什么？也想当女兵吗？我妈说，今年不招女兵，这里没你的事，你走吧。我很听话，就走了。不过我没有回去，我直接去了征兵办公室，揭发了方永辉喝凉水降血压的作弊行为。

方永辉被带到征兵办公室，他完全不知道他的秘密是怎么被发现的，他吓坏了，脸涨得通红，一问，就彻底坦白了。首长虽然很生气，但还是给了方永辉一次机会，让他重量血压。方永辉被查出作弊，吃了批评，再重量血压，此时他的血压不高才有鬼呢。

结果，方永辉在血压这一关上就被刷下来了。

我妈听到这个消息，脸色发白，她的目光在刹那间黯淡了许多，她想用自己的目光像刀子那样剜我一下，结果她的目光完全无力，一点也没有剜痛我。我倒是有点心虚，躲闪着我妈毫无威胁的目光，故作镇定，还若无其事地哼了哼歌曲。我妈气得说，你还有心思唱歌？我想说，我为什么没心思，是方永辉想当兵当不上，又不是我。但是为了减少我妈对我的怀疑，我闷住嘴巴，不再哼歌了。

方永辉当不成兵，就要念书了，他毫不客气地占去了那个珍贵的名额。而我，则向着成功迈出了第一步。

我妈始终不得其解，她焦虑地等待爸爸回来，她要和爸爸交换意见，商量对策。可是爸爸被公社抽调去参加工作组，到别的村去搞阶级斗争。他去的那个村，据说阶级斗争很厉害，害得爸爸几个月都不能回家，好像他一回家，阶级敌人就要翻了那个村的天，由他们掌权执政了。

这就苦了我妈。我妈内心的秘密是不能对外人透露的，本来她有什么心思还可以跟我说说，无论我懂不懂，也无论我爱不爱听，她只要对我说了，她心里也就轻松了。但现在这件事她不能跟我说，跟我说了，她等于是自投罗网，等于是自己找根绳把自己吊起来。所以，现在我妈麻烦了，她一方面要让我继续读书，一方面又不能让我清楚地知道她在怎么努力让我继续读书。更麻烦的是，我妈找不到人说话，更找不到人商量，她开始嘀嘀咕咕，自己跟自己说话。我妈的自言自语就是从那时候渐渐发展起来的。

方永辉被踢出局的那几天，我妈老是嘀咕说，小小年纪，怎么会高血压？又说，喝凉水的人多了，谁偏偏跟他过不去，告发他？难道他们家跟别人家有仇？可是他的爸爸妈妈我见过，老老实实的农民，不像有仇人呀……但是无论我妈怎么嘀咕，怎么心生怀疑，方永辉的主意她是再也打不着了。

我妈真是小肚鸡肠，喜欢钻牛角尖，一件事情翻来倒去念叨个没完。我心里嫌烦，但嘴上不敢批评我妈，就拐弯抹角地劝她。我说，妈，你想开点，就算方永辉去当了兵，那个名额也不会是我的。我妈肯定比我聪明，这是不用怀疑的。但一个聪明人在被某些事情蒙昏了头脑的时候，也会犯傻。我妈竟然想不明白我这话是什么意思，她的脑子里那时候只有一条直线：只要弄走了方永辉，我就能上高中了。但是我严正地告诉她，一个片中，总共只有两个名额，难道都给下放干部的小孩，一个也不给贫下中农？我妈听了，盯着我看了半天，她大概觉得我太聪明了，她简直不敢相信，站在她面前的这个无知的没心没肺的小丫头，竟然能够把问题看得那么透，那么远。

最后，我妈长叹了一声，说，小米，你说得对。

我知道，接下来，我妈得集中全力对付夏晶晶了。

说实在话，除了功课比我好，夏晶晶在其他方面和我都差不多，尤其是家庭方面，他爸爸也是犯了错误被下放，我爸爸也是犯了错误被下放，只是错误的性质和程度有所不同。

接下来我妈做的事情就不太地道了，她在外面到处说，老夏的性质比老周严重多了。夏晶晶的妈妈也不客气，以牙还牙，也在外面放风，说老周的问题比老夏严重。这风声传到我妈耳朵里，我妈忍不住了，跑到夏晶晶家，跟夏晶晶的妈妈说，老许，你说我们家老周问题严重，问题严重公社能

123

让他参加工作组吗？ 你说你们老夏问题不严重，不严重怎么没让他去工作组呢？ 夏晶晶的妈妈说，我们老夏虽然没去工作组，但县委正在考虑调他到县委办公室搞文字工作呢。

这本来是一个秘密，因为调令还没有下来，老夏关照家里人不要说出去，怕事先说出去了，有人会竞争。 比如我的爸爸老周，也是一个笔杆子，不比老夏差，万一我爸爸得知了县委办公室要调搞文字工作的人，去和老夏抢这个位置，事情就麻烦了。 但现在夏晶晶的妈妈为了儿子读书的事，一急之下，竟把老夏的秘密给捅了出来。

我妈被当头打了一棒，灰溜溜地回来了。 她的神情有点恍惚，自言自语地说，原来是这样，原来是为了调老夏，才让老周去工作组的，这是调虎离山计啊。

其实这事情我早就知道，夏晶晶嘴巴漏风，早就跟我吹过牛了，只是我没往心上去，我没觉得这事情有多么的了不起。 现在听了我妈的嘀咕，我想劝劝我妈，我说，妈，你别听他们吹牛，这话都说了快半年了，也没见夏晶晶他爸爸上吊呀，他连上吊的绳都没准备好呢。 我妈听我这么说，先是发愣，好像听不懂我的话。 我就做了一个用绳勒脖子上吊的手势，妈仍然看不懂。 我又吐出舌头，眼睛翻白，示意，我妈仍然愣着，还翻了翻白眼，好像站在她面前的不是一个装吊死鬼的女儿，而是一面什么也没有的白墙。 一直等到我妈脑袋往前一冲，撞到了这面白墙上，她才清醒过来，忽然就"嗷"了一声，说，你早就知道了？ 你为什么不告诉我？

我说，现在你知道也不晚呀。 妈急得跳起来，说，怎么不晚，怎么不晚，晚了！

我暗暗幸灾乐祸，看我妈那样子，我就知道我竞争不过夏晶晶，我远不是夏晶晶的对手。 不，不是我，我才不要做夏晶晶的对手，是我的妈，她不是夏晶晶的对手。

我妈情急之下，做事情就更欠思考了，连我都不会做的事情，她居然能够做出来。 她跑到公社，向公社干部揭发老夏除了政治问题，还有经济问题。 我妈说，三年困难的时候，一般的机关干部只能喝酱油粥，条件好的也只能吃 S 饼，老夏家却天天有奶油饼干吃，那时候老夏在机关管后勤，他肯定贪污了。 公社领导和稀泥说，冯同志，你们都是下放来的，你们这样互相说，叫我们公社不好办，查还是不查呢，查吧，我们也没有资格查你们，你们的错误也不是在我们这里犯的，何况都是陈年旧账，想查也不容易；不查吧，你们会觉得我们不重视你们的反映。

公社领导说的是"你们"，我妈一下子就知道了，老许已经抢在她前面来过了。 我妈震惊过后，清醒了一点，说，我也知道我们互相说来说去不好，但是老许说县委要调老夏，我想不通，县委凭什么调老夏不调老周？ 公社领导赶紧推卸说，那你得去问县委了。

两个妈就这样说来说去，互相揭短互相攻击，惹得农民都来笑话我们。 他们在劳动的时候，津津乐道地重复着冯同志和许同志互相揭发的那些内容，比如老夏的贪污，比如老周的生活问题。 他们尤其喜欢讲我爸的生活问题，还向我打听其中的细节，比如他们说我爸在外面生了个弟弟，问我有没有见过这个弟弟，是不是长得跟我很像，等等。 他们还说，原来以为乡下人才会乱上床，没想到城里的干部也这么混乱。

我妈和夏晶晶的妈有一个共同点，她们都不喜欢劳动。她们对劳动有着天生的反感，能赖就赖，能躲就躲，最好是天天开会，因此她们很少出现在田间，不像我，我天天在田里和农民混在一起，所以，农民说的话，她们听不见，我听得见。 我回去问我妈，我是不是真的有一个弟弟。 我妈脸涨得通红，说，放屁放屁！ 把我吓了一大跳，简直不敢相信这是我妈。 我妈一向很文雅的，从来不说粗话，有时候我跟着农民学说粗话，妈妈就会批评我，说我没教养。 现在妈妈也一样没教养了，她变得跟农村妇女一样，她说，放他娘的臭狗屁！

除了我妈和夏晶晶的妈斗个不停，夏晶晶看到我也是气呼呼的，好像也想跟我吵架。 不过我才不跟他吵架呢，我不光不跟他吵架，我还有炮弹提供给他，让他转送给他妈，让他妈拿了这个炮弹去打我爸，这样，我就可以因为家庭的问题上不了学。

我告诉夏晶晶，我爸爸在"文革"开始的时候，被抓到监狱里，关了近一年，也就是说，我爸是吃过官司的，这可是人生的一大污点，肯定比夏晶晶的爸爸要严重得多。

夏晶晶惊愕地看着我，他不相信我会把这么严重的事情坦白出来，他尤其不相信我竟然会告诉他。 我等着他对我感激涕零，却见他满脸怀疑地往后退着，好像看到我挖了一个大坑，正站在坑边上招手让他过去，要骗他摔下去。 他一边小心警惕地往后退，一边说，周小米，你什么意思，周小米，你想干什么？ 我说，咦，我帮助你呀。 夏晶晶立刻说，不可能，你不可能帮助我，你肯定是想害我。 我说，夏晶晶，你不要好心当作驴肝肺。 夏晶晶竟然说，驴肚子里肯定长着驴肝肺。 气得我差点吐出一口血来。

夏晶晶受他妈妈的影响和教育太深，过度敏感，老觉得我对他不怀好意，拒不接受我的帮助。 我一气之下，干脆跑到夏晶晶家里，又把原话跟他妈妈说了。

夏晶晶的妈妈还没有听完我的话，就从坐凳上跳了起来，激动地大声说，圈套！ 圈套！ 这肯定是老冯想出来的主意——周小米，你说是不是，肯定是你妈妈让你来说的！ 我赶紧说，没有没有，我妈根本就不知道我来给阿姨提供材料，我妈要是知道，非打死我不可。 夏晶晶的妈妈立刻尖声说，不对不对，你瞎说，你妈从来不打你的——周小米，你回去告诉你妈，叫她死了这条心，无论她设计什么样的圈套，我都不会钻的！

我对许阿姨和夏晶晶的反应瞠目结舌。 愣了半天后，我渐渐回过点神来，我小心地求证说，许阿姨，你说是我妈妈叫我来的，来把我爸爸的严重问题告诉你们，我妈这样做，有什么好处呢？ 许阿姨和夏晶晶都被我问住了，他们母子双双愣了一会儿，许阿姨到底是大人，反应比夏晶晶快一点，她说，你妈想让我们做出诬陷别人的事情，她好反过来抓住我们的把柄，太阴险了，太狡猾了——我赶紧说，但是我爸爸确实吃过官司呀，这是事实，你们可以去打听呀，下放在胡家坝大队的刘建国他爸就和我爸关在一起。 许阿姨顿时脸色大变，说，什么，老冯连这件事都要翻出来？ 手段也太毒辣了！ 夏晶晶终于跟上了他妈妈的思路，急吼吼地说，我知道，我知道了，我们要是揭发你爸爸吃官司，你就可以把我爸爸吃官司的事情也揭发出来，是不是？ 是不是？

　　我正被夏晶晶的责问问得晕头转向，却见许阿姨忽然一屁股坐了下来，跟着她的屁股一起往下掉的是她的眼泪，她一边掉眼泪一边嘟哝，我吃不消了，我吃不消了，再这样下去，我的神经要崩溃了，我要疯掉了——周小米，你回去告诉你妈妈，我们不想理你们了。 还是我比较镇静，我说，许阿姨，你不想让夏晶晶上高中了？ 许阿姨张口想说什么，但不知道我身上又有什么东西被她怀疑上了，她张开的嘴又赶紧闭上了，闭得紧紧的，只是用两只眼睛死死地盯着我，眼泪都忘记了流淌。

　　我的阴谋没有得逞，灰溜溜地回家去。 可我前脚到家，夏晶晶的妈后脚就追了过来，她气愤地指责我妈，啪啪啦啦像放机关枪说了一大堆话，别说我妈蒙在鼓里不知所以，就算我这个当事人，也觉得许阿姨的激动有点过分了。

两个人折腾了半天，我妈才终于弄明白了，原来我去搞了阴谋诡计，我妈顷刻间魂飞魄散，头发都变得乱七八糟了。 她到处找我，却不知我正站在她的面前等着她收拾我呢。 她两眼散光，已经看不见我了。

我使了个不成功的阴谋诡计，不知道该怎么收场了，没想到接下来夏晶晶的妈妈救了我。 许阿姨开始的时候也站在那里跟着我妈一起发愣，但忽然间，她一把就抓住了我妈的手，不是抓，是握，她紧紧握住我妈的手，口齿清楚、一字一顿地说，老冯啊，我们不能这样下去，再这样下去，我们是两败俱伤啊！ 我妈听了老许的话，先是张大了嘴，接着就咽下去一大口唾沫，我看得出她把老许的话吞进去并且咽了下去。 果然，片刻之后，我妈就大声叫了起来，是两败俱伤，是两败俱伤，再这样下去，就伤得不能恢复啦！

老冯和老许都觉悟过来了，她们发现这样下去对双方都没有好处，她们手拉手眼泪汪汪地坐到了一起。 老许对我妈说，老冯，我们两家别吵了，我们两家的小孩，都是要上学的，扔下谁都不应该，我们应该一致对外。 我妈赞同她的意见，说，对，我们应该团结起来，向上面再争取一个名额。

我妈和夏晶晶的妈是怎么去争取这第三个名额的，具体过程我不可能知道。 那些日子，我像只兔子一样竖起了耳朵，时时刻刻关注着有关我到底要不要继续读书的点点滴滴的声音。 可是这些声音进不了我的耳朵，妈妈从方永辉的事情中吸取了教训，她不会放出一点点声音让我听到。 现在我妈看我的眼神，就像在看一个特务，我妈的警觉性越来越高，任何事情都不当着我的面说，哪怕是跟读书、跟争取名额没关系的日常生活的小事，她也要等我走开以后再和别人说，在她的眼里，村里的农民都要比我可靠一百倍。

就在我妈为争取第三个名额奔波的日子里，夏晶晶的爸爸果然调到县委办公室去了。夏晶晶还告诉我，他爸爸的待遇好，住的双人宿舍，不像其他借调的人，四五个人住一间呢。和老夏同住一间屋的也是我们片中一个同学的爸爸，他儿子叫钱兴宝，他叫什么我不知道，因为夏晶晶也没有告诉我。我只知道钱兴宝的爸爸原来在公社知青办工作，现在调到县委，虽然是借调，但毕竟往上走了一步。那时候许多人都是借着借着就转正了，比如一些代课老师，代着代着就变成正式老师了。

现在老夏和老钱同住一屋，他们都在努力工作，都想早一天从借调变成正式干部。

谁也没料到的事情发生了。老钱是个习惯记笔记的人，他喜欢把每一个与他交往的人说的话，都记下来。他在公社工作的时候，同事都知道他的这个习惯，大家都有点怕他，尽量不和他多说话。可是老夏以前没有当过他的同事，甚至没有接触过他，不知道他的习惯。现在两个人同住一室，难免说话随便，加之老夏被借调，情绪不错，话也多起来，每天都和老钱说长论短，从国家大事说到家长里短，从个人的思想说到群众的呼声，哪里知道，他的每一言每一语，都被老钱记录下来了。

老钱在短短的时间里居然就整理出一本老夏的反动言论录，交到了上级领导手里。这是一个严重的政治事情，县委严肃处理了老夏，还召开了大会，老夏的"反动思想"受到了批斗。这件事情造成的结果就是，老夏灰溜溜地回来了，夏晶晶也就别想念高中了。

老夏回来的那一天，老许在家里号啕大哭，她的哭声在村子里回荡，全村的人为之震惊。村里的农民不能理解老许为什么这么伤心，他们说，上面也没有把老夏怎么样呀，就是开了一个会，批斗了一下，又没有抓起来，只不过不再借调他而已。有的农民知道老许的心思，说，她不是为老夏哭的，她是为小夏哭的，小夏没得书念了。有的农民还是不能理解，不就是念个书吗，有必要哭成这样吗？懂一点的农民说，城里人跟我们不一样的。

那一天晚上，我是听着隐隐约约的哭声进入梦乡的。我的梦做得很不吉利，我梦见我妈站在我的床前，笑眯眯地对我说，小米，你有希望了。我大叫，我不要希望，我不要上学。我妈诡秘地笑着，让我惊出了一身冷汗。我说，妈，你不要揭发夏晶晶的爸爸。我妈仍然嬉皮笑脸，说，这是大人的事情，你别管大人的事情，只要你能读上书，妈妈做什么都心甘情愿。我气愤地说，做奸人也心甘情愿？妈妈竟然无耻地说，做什么都无所谓的。我气得醒了过来，心里还怦怦跳着，就看到我妈妈愁眉苦脸地站在我的床前，看着我说，小米，你睡觉时大喊大叫干什么？ 我想了想，没有把我的梦说出来。

现在，这个读书的名额，该是钱兴宝的了。 大家都认为老钱是有备而去，就是为了让钱兴宝读高中，老钱在老夏的身边埋伏下来，最后如愿以偿，搞倒了老夏，把夏晶晶的名额抢了过去。

钱兴宝要上高中了。 我妈急得在家里转圈子，一边转，一边自言自语说，他怎么可以这么做呢，他怎么可以这么做呢。 一会又说，他竟然这样，他竟然这样。 我知道我妈说的是老钱，我想起了我的梦，心里顿时一惊，我不知道如果这事情发生在我妈身上，她会不会像老钱那样做，我不敢想。

可是，老钱和钱兴宝高兴得太早了。 这个读书的名额，简直成了一个不祥物，谁想占它，谁就会出点麻烦。 老钱以为搞倒了老夏，名额就是钱兴宝的了，却没有想到，上级领导虽然处分了老夏，但同时也觉得老钱这个人做人做事太不地道，既然他今天能偷偷记下老夏的言论，难保他明天不去记别人的，在县委里埋这么一颗定时炸弹，那真是自找麻烦。 即便是县委的主要领导，也不是一天到晚都在作报告，都在念秘书写的万无一失的稿子，难免有随便说话的时候，谁知道什么时候什么话就被这个老钱记下来了。 上级领导越想越觉得可怕，赶紧找了个茬子，抓了老钱一点小把柄，把老钱赶出了县委。 老钱还想回公社，结果公社也没了他的位置。

县委干部老钱和高中生钱兴宝，辛辛苦苦忙了一阵，最后才发现他们只是做了一个美梦，梦醒时分，什么都没有了。

夏晶晶出局了，钱兴宝根本就没有进入，最兴奋的人你们根本就不用猜，肯定是我妈。

就在这样一个乱七八糟的过程中，还发生了一件意想不到的事情，有个叫周水根的同学跑来找我，叫我把名额让给他。他哭丧着脸，哀求我说，他家里没有劳动力，生活贫困，今后全都指望他，他如果读了高中，毕业后就有希望当代课老师。我觉得莫名其妙，我说，你希望当代课老师，我还希望当公办老师呢。他居然说，你不需要的，你家是城里人。我倒不服了，别说名额还不在我手里，也不说我喜不喜欢读书，凭什么我的名额就得让给你？我说，周水根，你长不长眼睛，你要是长着眼睛就能看见，我家现在也是乡下人，跟你们一样。他固执地说，不一样的，你们跟我们骨子里是不一样的。我恨恨地说，你看到我们的骨头里了？他不计较我的态度，一味地跟我讲"道理"。他坚持说，周小米，我们不一样的，周小米，真的，我们不一样的，你想想，虽然你们家现在在农村，但是你们的亲戚朋友都是城里人，我们跟你们不一样，我们祖祖辈辈、亲亲眷眷都是乡下人。

我不想再理他了，他又想出一招，说要到老师那里打小报告，他有一次看到我的作文是我妈妈的字。 我说，我的字不好，是我妈妈帮我抄的。 他说，人家都说你爸爸妈妈是吃笔杆子饭的，你的作文肯定是你妈写的。 我气得说，你去报告吧，我们都已经不是片中的学生了，老师吃饱了撑的才会来管这些事情。 周水根说，可是你让你妈妈替你写作文，说明你的学习态度不正确，说明你政治思想觉悟不高，像你这样的人，是不能继续升学的。 我打断他说，周水根——呸，你根本就不配姓周。

其实我大可不必跟周水根费什么口舌，有我妈在，轮得着他吗？ 周水根的痴心妄想是不可能实现的，但是气走了周水根我忽然觉得自己有点奇怪，我不是不要读书的吗，为什么周水根来向我要名额我会这么生气呢？ 我以前还给方永辉下药，给夏晶晶提供攻击我爸爸的炮弹，等等，可都是为了不读书啊，为什么到了周水根这里，我会如此气势汹汹，好像在跟他抢名额呢？

我想了想，吓出了一身冷汗，我知道我被我妈罩住了，我妈的一定要读书的想法，正在一点一滴不知不觉地往我的灵魂深处走去。

再也没有对手了，我妈不用再去争取第三个名额了，她胸有成竹来到公社教育办，可我妈的屁股还没坐定，教育办的同志一句话，就让我妈跳了起来。 哪里还有那个名额，大家都在瞎抢，那个名额下来的时候，就已经定给了公社书记的外甥王金海。

什么夏晶晶，什么钱兴宝，什么周小米她妈，都一样在做梦呢。我妈跌跌冲冲跑回来问我，你同学王金海，他舅舅是公社书记吗？

我没听说过。王金海是个三棍子打不出一个闷屁的人，在片中也一直是低头做人的，如果他舅舅是公社书记，他会这样谦虚吗？我不知道。我看到我妈嘴角边泛出些白沫，我说，妈，你嘴边有白沫。我妈气得抬了抬手，好像要打我，但没有打。我说，真的，我没骗你，这里，左边，有一团白沫，右边没有。我妈不理我，自言自语，哪里冒出来的，哪里冒出来的，公社书记的外甥，从来没有听说过，怎么突然就有了这么个舅舅？舅舅就是舅舅，生下来就是舅舅，怎么可以随随便便就出来一个舅舅？我妈妈急疯了，在村里到处问人，可村里的农民怎么会知道公社书记的复杂的家庭关系呢，最后我妈跑到大队叶书记家去了。

我妈问叶书记，公社书记的外甥到底是真是假。叶书记很同情我妈，他说，你别追问人家的事情了，公社书记自己说他是舅舅的，你要查出来是假的，你能得什么好？

我妈绝望了，她眼神定定地看着叶书记，什么话也说不出来了。叶书记说，冯同志，这一阵你着急的事情我都知道，连农民都在说你，我看你是真的很想让小米念书，我倒有个主意。

找妈真是柳暗花明又一村。叶书记为了帮助我妈，竟然肯用自己的孩子做盾牌，他说，我就跟上面说，我儿子要上高中，片中设在我们大队，我是这个大队的一把手，片中也归我管，上面总不能不给我一个名额吧，不给名额就是不给我面子，接下去这个片中还要不要办了？

一直到许多年以后，我也不知道大队书记为什么会帮助我妈。生活中有很多谜，随着时间的流逝，这些谜早早晚晚都解开了，可是这个谜永远也解不开了。我妈已经不在了，叶书记也不在了，他们一起把这个秘密永远地带走了。

当年叶书记这样做，分明是弄虚作假。因为据我所知，大队书记的儿子叶树生的工作问题早已经解决了，是叶树生亲口告诉我的，过几天他就要到公社粮站去报到了。

我妈虽然大喜过望，但她在我面前咬紧牙关，只字不漏。我还一无所知地盲目乐观着呢，在路上碰见了叶树生，叶树生把事情跟我说了，最后他说，周小米，等你上高中了，你可得谢谢我啊。我只觉得眼前一黑，冲着他就骂起来，我谢你？我骂死你，我骂死你十八代的祖宗。叶树生大惊失色，以为我疯了，他说，周小米，你怎么骂人，你要骂人也不应该骂我呀。我说我不骂你骂谁，凭什么你可以到粮站工作而我要去念高中？趁着叶树生发愣，我乘胜追击说，叶树生，我跟你换吧，你去上高中，我到粮站工作。叶树生吓了一跳，赶紧说，我才不，粮站是我去的，你不能去——他说着说着忽然停下了，脸上是越来越迷惑不解的样子，瞪着我说，咦，周小米，不是你要念高中吗？你妈找我爸说，你在家里哭，如果上不了高中，你会哭死的。我爸怕你哭死，才答应帮你们的。 我对着叶树生张口结舌，不，应该说，我是对着我妈张口结舌。

我感觉到了事情的紧迫性，大队书记出了场，没有搞不来的名额，说不定明天天一亮，他们就来我家向我和我妈报喜了。 我越想越害怕，情急之下，我拔腿就跑，一口气跑到了公社粮站，还好，虽然太阳快落山了，他们还没有下班，我赶紧进去说，我是来报名的。

他们看着我，愣了愣，其中一个人问我，你是谁？ 我说，我是前进大队叶书记的孩子，我叫叶树生。 他们互相对看了几眼，又看我，其中一个又说，叶书记是说他的孩子这几天来报到，但是，是你吗？ 我说，当然是我。 另一个半信半疑地摇头说，不对呀，你怎么是个女的？ 再一个人说，是呀，我知道叶书记的孩子是个男孩子。 我说，那是我弟弟，本来我爸是让我弟弟参加工作，但是后来我爸改变了主意，让我来了。 他们去翻了翻材料，念出了叶树生的名字，一个人又怀疑了，说，不对呀，这个名字是个男孩子名字呀。 然后其他人一致说，是呀，哪有女孩子叫这个名字的。我差一点露了马脚，赶紧圆谎说，是的是的，你们大人真是聪明，叶树生是我弟弟的名字，我叫叶树梅，叶树梅，听起来像女孩子的名字了吧。 可他们仍然摇头，说，可是安排到我们粮站的是叶树生，我们要接收的是叶树生，不是你叶树梅，我们不能让你报名，除非公社来通知改名字，我们才能接受你。 我已经黔驴技穷了，便一屁股坐在粮站的一架大秤上，我说，今天你们不让我报名，我就不走。

结果你们猜都不用猜，肯定是我被赶出粮站，还带走了一大堆难听的讽刺挖苦，什么骗子啦，什么痴心妄想啦，什么回去撒泡尿照照自己啦，反正最后，除了粮站的那个工作岗位，其他我都照单全收带回家去了。

我回到家，还没有过夜，还没有天亮，叶书记就带着那个名额追着我的脚后跟来了。

也就是说，我彻底完蛋了，全没了退路。

不对，我还有一步可走。

我妈争取来的只是一个推荐名额，这个名额后面还跟着更大的考验，那就是考试。

既然还有考试这一关，我就没有到山穷水尽的那一步。我可以考砸，我可以在考试那一天迟到，我还可以考到一半的时候发病，即使这些手段都用不上，我也相信自己考不上，因为我知道我的水平，连我们片中的老师都说我是聪明面孔笨肚肠，当我妈为这个名额拼命奔走的时候，我们老师泄气地说，其实不用的，争取到了周小米也考不上。好在这话没让我妈妈听见。

但是我妈不这么想，她真是一个踏踏实实、一步一个脚印向前走的人，先是坚定不移志在必得地替我争取名额，然后，也就是现在，她时时刻刻坐在我的身后，两眼炯炯地盯着我，不允许我有半点松懈。

我正在复习功课，其实我只是在装模作样，我根本就看不进去。 我很想在书里夹一些别的什么东西玩玩，可是我不敢，我妈隔一小会儿就会探过头来看看我的书，我毫无机会。 有时候，我甚至觉得坐在身后的我妈像一头母狼，只要我一回头，她就会咬住我的脖子。 我奇怪自己怎么会有这样的想法，也为自己的想法感到有趣。 实在无聊时，我就偷偷地回头看一下母狼，母狼的样子让我差一点大笑起来，她正死死地盯着我的后脑勺，眼光竟是绿色的。 看到我回头，她眼睛瞪得像牛眼，神情紧张地问我，小米，怎么啦，小米，哪道题不懂，哪道题有问题？ 要不要我去找老师问问？

随着考试的时间越来越近，我妈的神经也越来越紧张，连跟我说话都是小心翼翼的，就怕影响了我的复习情绪。 假如我复习得没劲了，跟她开个玩笑，说我是临时抱佛脚，再用功也来不及了，我妈就立刻自打一个耳光，骂自己一声臭嘴。 她舍不得打我，只能打自己，明明是我瞎说，她也只敢说她自己是臭嘴。

可就在临考前两天，我爸忽然在半夜里回来了，而且动静很大，好像有意要惊动全家人。 我被惊醒了，爬起来就看到爸爸在对妈妈说，老冯，这下好了，你不用担心了，批判教育回潮了，小米他们的考试取消了，直接入学。 我妈"嗷"了一声，霎时脸色惨白，嘴唇发紫发青，哆哆嗦嗦说，你不要吓我啊，你不要吓我啊。

对我妈来说，我不用参加考试就能上学了，明明是天大的好事、喜事，可我妈说，你不要吓我啊，你不要吓我啊。

我不知道我妈到底是什么意思。

但有一点我是知道了，就是说，我所有阴暗的心机和卑鄙的行动全部落空，我妈胜利了。

就这样，我几乎是被我妈绑架着去上高中了。

我上的高中在金泽镇上，从我们家到金泽镇可不好走，从村口的九里桥出去，走二十里地，到铜锣镇，在铜锣镇轮船码头上船，轮船开三个小时，到金泽镇。

这就是我在以后漫长的日子里要反反复复经过的路线。

于是，我妈欢乐的心情还没有来得及弥漫，心病就已经开始了，而且，毫无疑问，以后会越来越严重。

从九里桥到铜锣镇的二十里地，就是我妈的心病。

这二十里地，路两边几乎都是桑树地，桑树有高有矮，即使是最矮的桑树，藏些人在里边，也是小事一桩。藏在桑树地里干什么呢？这是一个不言而喻的问题，他们要干坏事，要犯罪，犯各种各样的罪。

头一次去学校，是我妈陪我走的那二十里地。我闷头快步走在前面，就是要和我妈拉开一点距离，我不想理她。我妈背着我的行李，在后面急急地追着我的脚步。我满心的气愤和懊恼，我感觉我是被我妈押着走向一座监狱，甚至是走向一座坟墓。我想说点难听的话给我妈听，可我一回头，被我妈的神态吓了一跳，只见我妈面色紧张，四处张望，看到我回头看她，我妈立刻说，小米，你看看，这地方，吓死人了。我说，吓什么，有鬼吗？我妈哆哆嗦嗦说，桑树这么高，有人藏在里边你都发现不了。我没心没肺地说，他藏在里边干什么呀，捉迷藏啊？我妈快步上前紧紧抓住我的手，我想甩开，她却死死执住不放，好像一放开我就没了。妈说，小米小米，以后怎么办？我明知她是担心以后我一个人走这条路危险，为了气她，为了告诉她我不喜欢她自作主张不由分说安排我去读书，我故意把事情说得严重一点，吓唬吓唬她，好发泄掉一点愤懑。我说，妈，这条路上，经常有背娘舅，前天还杀了一个小媳妇。我妈慌成一团，打着自己的嘴，说，不好了，不好了，小米你不能乱说呀！我说，妈，我没有乱说，不信你去问村里人，他们都知道，他们在田里劳动时说的，你又不劳动，你没有听到他们说。我妈竟然张着嘴不知说什么，我可以感觉到，她捏着我的手，越捏越紧了。我说，妈，你捏痛我了，你手劲真大。我妈没有听到我说什么，她两眼散光，脸色居然像桑叶一样又青又绿。看到我妈这样古怪，我倒不好意思再说难听的话去气她了。

到了学校，大家都报了到，才知道我今后会有一个同伴，她叫殷桃子，住在隔壁的汾湖大队，离我家不远。从此以后，我和殷桃子每次回家后返校，都在九里桥边的九里亭里会合，然后一起去走那二十里的路。

我妈拍着自己的心口，反反复复说，天无绝人之路，天无绝人之路。她甚至拉着殷桃子的手说，桃子，幸亏有你，桃子，幸亏有你。

　　我妈对桃子感激涕零，她把桃子当成了我的救星。 不，其实桃子是我妈她自己的救星，因为我并没有觉得这二十里地就是一条死路，就是一条走向深渊的路，是妈妈这么觉得，所以，桃子和我同行，救的不是我，而是我妈。

　　我妈每次都要在九里桥头给桃子塞一些好吃的东西，有一次还送给她一双元宝套鞋，让她在下雨的时候不用再穿着旧球鞋滑来滑去。 她对桃子说，谢谢你桃子，你对我家小米的帮助太大了。 桃子不解，我呢，是不服。 我说，怎么光是她帮助我呢，我不也一样在帮助她吗，没有我，她不也一样没有伴吗？ 桃子朝我笑笑，她脾气好。 可我妈的感激越演越烈，她竟然还说桃子是我们家的救命恩人。 幸好桃子不是长舌头的女孩子，没有告诉班上其他同学，否则的话，我这脸可丢大了。

　　就这样，我和桃子在金泽中学上高中的那些日子里，互相陪伴互相支持，走过了一天又一天。

　　在这些日子里，许多事情发生了变化，其中变化最大的，大概就是我了。 我从一个不喜欢读书的孩子，变成了一个喜欢读书的孩子。

　　我的变化，全是因为我们的语文老师。 老师是从部队回来的，穿着黄军装，上课时也穿。 他在部队时是电影放映员，放过很多电影，在很长很长的时间里，他一直怀念着这些电影，有时候，他上着课，忽然就放下课本，讲起了电影。 有几次被校长发现了，吃了批评，他就停一停，但过几天，他又讲电影了，有一次还唱起了电影插曲。

那是一部叫《冰山上的来客》的电影，里边的插曲是这样的：花儿为什么这样红——就在老师开口唱出这第一句歌词的时候，在那一瞬间，我觉得我已经爱上了我们的老师，而且，我相信，不只是我，我所有的女同学，都爱上了他。晚上我们在宿舍里一遍一遍地学唱花儿为什么这样红，唱着唱着，我忽然发现桃子的眼睛湿润了，眼角渗出了眼泪。 我说，桃子，你怎么哭了？ 桃子抹了抹眼睛，说，我也不知道怎么的，唱这个歌的时候，我心里就难过，我就想家，我就想哭。

渐渐地，桃子上学不如一开始时那样准时了，她经常迟到，每次都是慌慌张张，急急匆匆，奔到九里亭看到我，总是一迭声说，对不起，我又迟到了，对不起，我又迟到了。我等得心焦，冲她说，你老是说对不起有什么用，不如下次早一点出门。 桃子说，我会的，我会的。 可是到了下一次，她还是迟到。 好在虽然桃子不够准时，但我们在路上加快脚步，连奔带跑，每次还都赶上了班船。 我只是不知道桃子为什么不能早一点从家里出来。

我真的变了，我努力学习，成了班上成绩最好的学生。放农忙假的时候，我把上半学期的成绩单给我妈看，我妈接了过去，但她的神色很奇怪，目光也不固定，像在看，又不像在看，拿了半天，也没说一句话。 我有点扫兴，忍不住提醒说，妈，这是我的成绩单。 我妈才清醒过来，"噢"了一声，赶紧看，但眼睛一落到纸上，又游离开了，她看不进去，她好像根本就不知道自己在干什么。 我急了，说，妈，你怎么啦，不看就还给我。 妈似乎有点麻木，真的把成绩单还给了我，并且答非所问地说，小米，你听说桑树地里红衣女孩的事情了吧？ 我完全摸不着头脑，但是看着我妈暗幽幽的脸色，我心里忽然抖了一下。

我等着我妈给我说桑树地里红衣女孩的事情，可我妈又不说，脸色也愈发奇怪了。 我催她说，我妈忽然站起来就走，不，她不是走，是逃，仓皇地逃，她一边逃一边说，我不说，我不说，我不能说，我连想都不能想，我一想心里就发抖。

后来村里的农民告诉我，村里有个知青，有好些天，每天经过桑树地，都会看到一个穿红衣服的女孩在他前边走，他追上去，她就不见了，他慢慢走，她又出现了，害得这个知青疑神疑鬼，病了一场。 后来才知道，是前边村子老沈家的小女儿，已经死了，是在桑树地里被杀死的。 也就是说，知青看到的，其实不是她，而是她的鬼魂。 我听了这样的故事，不想相信，跑到知青那里问他，他脸色大变，又青又紫，任我怎么问，他都不说，对于大家的传说，他既不承认也不否认。

知青给吓坏了，我妈也给吓坏了，知青是给一个不知道到底存在不存在的鬼魂吓坏的，而我妈，是给这实实在在的二十里桑树地吓坏了。 我妈可怜巴巴地看着我，想跟我说什么，又不敢说的样子。 过了一会儿，她自言自语道，奇怪了，小米从前是最不喜欢念书的。 我正在看书，没有应答她。 我妈又嘀咕，其实，其实，读书有什么好，读书有什么用，一点用也没有，知青是高中生，不是照样到农村来当农民吗。 我似听非听，也不知道她嘀咕的什么，更不知道她是什么意思。

农忙假后回到学校，才发现桃子没有来报到，她给班主任老师写了一封信，说了她不能再读书的原因。 原来桃子的爸爸病倒了，现在桃子家里只有一个劳动力，就是桃子的妈妈，她要劳动挣工分，还要伺候躺在床上的桃子的爷爷奶奶爸爸和桃子两个年幼的弟弟。 桃子无论如何也读不下去了，她得休学回家帮助她的妈妈，否则，家庭的重担要把她妈妈压垮了。

对于一个学校，一个班级，少一个学生多一个学生都不是太大的问题，可是对于我，完全不一样了。 我没有了伴，二十里桑树地要一个人独自行走了，我并不害怕。 我早就说过，我从来没有觉得桑树地有什么可怕的，何况路途上，还有桑树稀少的地段，在这样的地段，我还能欣赏田间的风光，大片大片的红花草、油菜花，还有绿油油的麦苗，一切都是那么的阳光和美好。 可我妈心里没有阳光，只有阴暗，她不能接受这个事实，她无论如何不能让我一个人走二十里桑树地。

我妈跑到学校来找我，她竟然当着老师和同学的面，紧紧拉住我的手，叫我别念书了，跟她回家。 我不敢相信这话是从我妈的嘴里说出来的，曾几何时，我妈想尽一切办法让我上高中的情形还历历在目呢，我还记得她像母狼一样盯着我的后背监督我复习功课呢。 不等我反应过来，我妈又苦着脸说，小米，求求你，小米，求求你！ 我生气地抽出我的手，恼怒地说，妈，你有毛病啊？ 我妈木呆呆地看着我，看着我一张一合的嘴。 我斩钉截铁地说，妈，你走吧，你不可能把我带回去，我要读书，一定要读书！

我妈走了。 我看着她的背影，觉得她的背和腰好像一下子就弯了，差不多像个老人了。

我妈弄回来一条狗。 我认得它，它是瑞荣家的，是一条黄色的土狗，名字也很土，就叫大黄。 我妈和瑞荣的爸爸妈妈说好了，带大黄回家，让大黄陪着我走那二十里桑树地。不料瑞荣哭得昏天黑地，抱住大黄不放，大黄也眼泪汪汪的，最后我妈答应瑞荣，送给他一只半导体收音机，还答应过几天有了其他办法就把大黄还给他，瑞荣这才放走了大黄。

大黄很聪明，它走出二十里路，居然认得回家的路。 有次路上有人看到我和一条大狗一起走，觉得奇怪，想跟我搭话，大黄喉咙里发出威胁他的声音，那个人赶紧头也不回地走开了。 当我们看得见铜锣镇的一个烟囱时，我对大黄说，大黄，你回去吧。 大黄点点头，就不再送我了。 我走出一段，回头看看，大黄仍然站在那里。

　　我妈绷紧的神经刚刚放松一点，又出事情了，没几天大黄不见了。　村里的农民都帮着四处找，只听见村里村外一片混乱的喊大黄的声音，那声音听起来寒毛凛凛的，有点像叫魂。　在农村里，小孩子生了病，大人晚上就到村口去叫魂，叫着叫着，小孩子的病就好了。　可是那天，大家从下午叫到晚上，也没有听到大黄的回答。

　　但是有一个人很奇怪，他是最应该急着寻找大黄的，但他从头到尾没有动弹，他就是瑞荣。　大家都不能理解，大黄是瑞荣的命根子，虽然借给了我家，但它仍然是瑞荣的命根子，现在命根子没了，瑞荣居然不去寻找？

　　瑞荣说，你们不用乱找，我知道大黄在哪里。　瑞荣说知青偷了大黄，他想吃掉大黄。　瑞荣说，他每次看到大黄，就流馋唾，我就知道是他偷的。　大家半信半疑，去叫知青开门，可知青在里边死活不开门，也不出声，不知道知青的屋里到底有没有知青和大黄。　到了晚上，大家散了，瑞荣一个人闷声不响守在知青家门口，一直守到后半夜。　知青以为大家都睡了，就把吊着的大黄放下了地，大黄早已经被知青吊死了，可它一沾泥土，又活过来了，活过来的大黄拼命叫喊，门外的瑞荣听到大黄的喊声，轰开了知青的门，救出来了大黄。

　　为了补偿知青一顿美餐，我妈卖掉一袋米，给知青烧了一锅红烧肉，知青吃肉的时候，激动得哭起来，一边哭一边说，我有半年没吃肉了，我有半年没吃肉了。　我妈站在旁边看着知青吃肉，一边点头一边咽唾沫。

大黄又陪我走了一次，它跟以往一样，送我到铜锣镇，看我走进轮船码头，它才反身回去，但这一次它没有回家。

大黄最终还是不见了，谁也不知道它到哪里去了。

大黄没有了，可我还得上学，我尽量减少回家的次数，但我终究是要回家的。有一次我在路上碰到一个人，他说他在铜锣镇的酱油厂上班，经常走这条路，他可以和我做伴，他一边走一边和我说话，话越说越多。走到一条岔道的时候，他忽然停了下来，指着那条小路说，我们抄近路吧，走这条小路近多了。我愣了一愣，忽然就尖叫了一声：不——在静静的桑树地里，我的声音之大，把他吓得哆嗦了一下。

我小时候虽然胆子大，但架不住我妈长年累月担惊受怕，我妈的眼睛和脸色多少影响了我，我也不得不警惕小心起来。

我的大声尖叫把那个酱油厂的人吓着了，他呆呆地看着我，不知道我为什么要这么大声。我本来不想再理睬他，我想快快往前走，扔开他，可不知怎么的，我却突然和他说起了我的妈妈。

我一口气说了这些日子以来发生的事情，我觉得自己的嘴角边也有了白沫，我用手抹了一下，没有抹到。酱油厂的人一口气听完了我的话，中间没有插一句嘴，等我说完了，他仍然没有说话，他似乎在考虑什么，他在犹豫着，犹豫着，最后竟然拔腿跑了。

他跑出一段，回头看了看我，一看之下，又开始跑，不，这回不是跑，是逃。他逃走了。

这件事情我始终没想通。就像当初叶书记帮助我妈拿到我上高中的名额一样，没有谜底。

就在大黄失踪后的第二个星期，十分意外地，桃子回学校了。我知道是我妈去找了桃子，虽然我不太清楚我妈是怎么把桃子动员回来的，重要的是，桃子回来了，我又有了伴，我又可以和桃子一起走那二十里桑树地了。

桃子回来的那天晚上，她悄悄地对我说，小米，谢谢你，谢谢你妈妈，要不是你妈妈，我就上不了学了，我想上学，我要读书。看着桃子感激的样子，我想跟她说，我妈可不是为了你。不过我没有说出来。

我妈照例送我到九里亭，可是等了半天，桃子也没有出现。我着急了，再不走就要迟到了，我不想迟到，今天的夜自修课是语文老师带，我不想错过语文老师的任何一节课。我妈不让我走，她结结巴巴说，小米，小米，要不，今天就不要去了。我说，那不行，怎么能随随便便就不上学呢。妈说，小米，你从前，你从前不是不喜欢读书，你不是经常逃学吗，你现在为什么不逃学了？我不再理睬我妈的啰唆了，我拔腿就走，把我妈一个人扔在九里亭里。

我妈站在九里桥头的九里亭里，死死地盯着我消失的方向，一动不动地站了许久。接着桃子就急吼吼地出现了，她背着一个书包，手里提着一个提兜，喘着气站在我妈身后说，阿姨，小米走了吗？ 我迟到了。 我妈妈一把抓住了桃子的手，说，桃子，桃子，小米刚走，你快点追，你快点追！ 后来桃子跟我说，你妈妈急得口角边都是白沫，她说了几十遍你快点追你快点追，我走出去老远她还在说。 我说，你妈妈才口吐白沫呢。 桃子笑了笑。 她脾气好，从来不和我争高低。

桃子又开始迟到了。

桃子的迟到，让我有点生气。 因为等桃子耽误了时间，我怕赶不上班船，就得加快脚步，但为了等桃子赶上来，我又得放慢脚步，我左右为难，心神不宁。 我还得一边走一边回头往后看，看桃子有没有追上来，不过那时候我坚信，过不了多久，我就会听到桃子追赶我的脚步声，像以往一样。我会看到她气喘吁吁和惶惶然的神情，然后我给她一个白眼，她再冲我一笑，一切又回来了。

可是那一天我错了，一直到我走到铜锣镇，走进铜锣镇的轮船码头，上了停在轮船码头的轮船，桃子也没有追上来。

轮船开了，我朝岸边张望了一下，我想桃子可能已经追来了，她迟了一步，眼看着轮船丢下她远去，桃子也许正在岸边跳脚呢。

可是没有。 始终没有桃子的身影。

船开后，我还想了想桃子，也许她出来得太晚了，也许她家的钟坏了，也许她家里有别的什么事情。 但是很快，我就将桃子丢在了脑后，船到下一个码头，上来了我的另一个同学，我们说起了话，桃子就这样被我丢开了。

奇怪的是，第二天桃子也没有来，第三天也没有来。到第三天的下午，老师也有点生气了，老师说，这个殷桃子，有事也不知道请假，无组织无纪律。

其实，老师说这句话的时候，桃子已经死了。

后来的一些事情和先前的一些事情，都是村里的农民告诉我的。那天下午，我妈妈正在屋门口扎稻草把，有一些农民从路上奔过，他们嚷嚷着，像一团风一样刮过去。我妈不知道他们在说什么，但是妈妈心里忽地一惊，她一下子站了起来，慌乱地问他们，你们干什么，你们到哪里去？一个农民说，听说上面漂下来的一个女孩子，到九里桥下被桥墩挡住了，我们去看，冯同志，你也去看吗？我妈站起来拔腿就走，可是只跨出两步，她的腿一软，就跪倒在地上。两个农民把我妈架起来，他们架着我妈一起往河边跑。我妈一边被架着，一边呻吟着。农民问她，冯同志，你肚子疼吗？我妈说不出话来。他们快奔到九里桥的时候，有先到的农民返回来了，他们说，没有，没有，已经漂下去了。

农民有点失望，有的想返回了，但也有的想继续去看。想继续去看的农民仍然架着我妈，沿着河水流下去的方向往下游追赶，路上碰到人，问他们追什么，农民也不知道该怎么说，只是含糊地说，去看看，去看看。我妈的脸白得像一张纸，两只脚拖在地上，她已经不会走路了。有个人问，她是不是生病了？ 架着我妈的农民气愤地回答他，你才生病呢。

农民告诉我，一路上，冯同志一直在自言自语，说，我早就知道要出事，我早就知道要出事。 农民问我妈，冯同志你怎么知道要出事，冯同志你知道到底出了什么事？ 她不理他们，只是反反复复，反反复复地说，我早就知道要出事，我早就知道要出事。

他们终于追赶上了漂在河面上的女孩，女孩已经漂到汾湖村的河面上了，汾湖村的农民纷纷从家里跑出来，他们也像我们村的农民一样，叫叫嚷嚷，向河边奔去。

汾湖村口的河面上，平平静静地躺着一个女孩，水继续往下流，她却不再跟着水走了。

她到家了。

汾湖村的一个农民认出她来了，他号叫了一声，啊呀呀，是桃子啊，是老殷家的殷桃子啊！

我妈听到"殷桃子"三个字，"嗷"一声就晕过去了。

后来我听说，桃子被捞起来的时候，两只手里紧紧地攥着两把红花草，怎么拉都拉不下来，最后就让桃子抓着红花草葬了。

大家都说桃子是在红花草田里被害的，害死后又被扔到河里。 但是桃子的案件始终没有破，所以，所有的传说也都只是猜测。

那时候我正在课堂上听语文老师朗诵课文，我还记得，这篇课文的题目是《白杨礼赞》，老师念着："它没有婆娑的姿态，没有屈曲盘旋的虬枝，也许你要说它不美丽——"教室的门被推开了，校长出现在门口。从校长的脸上，我们看得出出事了，但谁也没有想到是桃子出事了。

我赶上了当天的班船回家去，我不相信桃子就这么没了，我相信她只是迟到了，只是没有追上我，没有追上当天的轮船。

正是红花草盛开的季节，穿过桑树地，就是大片大片的红花草田，我在红花草田里走呀走呀，我听见了桃子的歌声，花儿为什么这样红，为什么这样红，红得好像，红得好像燃烧的火——渐渐地，渐渐地，桃子的歌声消失了。在无边无际的红花草田里，我看到一个黑点，我走近了，走近了，黑点越来越大，越来越清晰，我终于看清楚了，我大声喊了起来：妈妈——

是我的妈妈坐在红花草田里。她没有听见我的叫喊，她正奋力地拔着红花草，身边的红花草已经被她拔光了，她挪动了一下位置，开始拔另一片红花草。

我奔了过去，扑到我妈身边，妈妈，妈妈，我回来了！

妈的眼睛被红花草染得通红，她茫然地看了看我，说，你怎么叫我妈妈，你是谁？

我说，妈妈，我是小米，我是你的女儿啊！妈摇了摇头，不对，你不是我的女儿，我的女儿是殷桃子，我找不到她，但是我知道她躲在红花草田里，我把红花草拔干净了，桃子就出来了。

我紧紧抱住我妈大哭起来，妈妈，我再也不去念书了，我再也不去念书了！

妈不说话，她继续一把一把地拔着红花草。

远远地，爸爸的身影出现在田埂上，爸爸正朝我们奔过来，他一边奔跑一边喊，老冯，小米，政策下来了，我们要回去了——

起于花影
步回廊

—— 范小青中篇小说探秘

何向阳

范小青的小说向来不温不火，优雅有度，用"探秘"一词，似乎有些严重，好像是她的小说多么博人眼球，而事实是，她的小说更像是什么呢——我的脑海里多次跳出来的是——苏州园林。她的小说正是这样，引领着阅读者移步换景，且驻且行，兜兜转转之间，花影日斜之间，总有些言有尽而意无穷的东西一点点地呈现给你。——当然，这一点，也像是苏州园林，它绝不让人有一览无余的无趣，这与其说是小说家范小青对于中华传统文化的有意坚守，不如说是她于此间熏染已久，自带暗香罢了。

仍记得21世纪初某年受邀参加《苏州杂志》活动，于苏州小住，小青作为东道主陪我们看拙政园、留园的情形。时光荏苒，隔了近二十年再回望当日，记不清在那些园子里的所见了，只是有春天里的繁华与孤寂，在那些园子里同时展现，孤高与妩媚一一道来，那种冰与热，给人一种奇异的感觉。像青团中的流沙，外面是艾草的青涩，里面却是红豆的腻甜。起寻花影，人在景中，在今年这样一个特殊而寂静的春天里，园中的那些花树一定更是孤绝与明艳并重吧。

《嫁入豪门》初看是明艳的，一个女子有两位"豪门"中的男子可以挑选，而且似乎一看之下，两位都不入"法眼"。这个开头真是令人惊艳。这跟一般的对"嫁入豪门"的理解可是相差甚远啊。就是这个远，让人有着"女性主义"的眼前一亮，不是你挑我，而是我在你们中间选择，当然，如若退一步，不是给母亲面子，我也可以一个不选。这个起点，如若这样发展下去，可能是另一部剑拔弩张也不乏喜感的小说，但是那真的不是范小青的风格了。且慢，细细道来的功夫，也是园林建制给予她的。这就是，虽然弟弟示好，女主人公却嫁给了哥哥，而"豪门"与"寒门"之辩，让我们看到家道中落的同时也看到了家规谨严，比如吃有吃相，坐有坐相；再比如对一件貌似价值连城的家具之得失，一边是大惊小怪惴惴不安，一边则是来日方长安之若素；"豪门"之内，物质与精神的对比，或者是奢华之物与贵族气质的博弈，哪里有理论之较量，分分都是气度之分野，这样的移步换景，终于走到了故事的谜底，那祖传的家具哪里是价值连城，它根本就是一个假古董，而人在这个"假"物身上耗费的精力却是真的，也是真的不值。话说回来，如若它是真的古董，仍是价值连城，我们的耗费就是有价值的吗？我想，范小青通过这个一波三折的故事所要告诉我们的是，物可以价值千金，但比这千金更有价值的是人的一颗不为物役的心。

心的炼得，并不容易。

但真若炼得，满目所见，无不风和日丽。

范小青小说的"园林式叙事"还在于它的迂回曲折。 以《顾氏传人》为例，这部小说可看作《嫁入豪门》的姊妹篇，但又好像是反着来的一部。 顾氏家族，名门贵族，家道中落，掌门的四位小姐，加之她们的弟弟——从传统意义上解读是顾家的唯一传人，这样的故事怎么看都是有些热闹的，甚至四个女人一台戏，好看而喧嚣着，当然我们以为这四位"花旦"的出场，全为了衬托顾氏传人——顾允吉。 但是错了，这台戏演到底，我们才发现，顾允吉并非主角，真正的主角，也不是花旦，而是"青衣"——二小姐。 二小姐撑起了全部小说的脊梁，但是这种"撑"是如此繁难，对于她的全部心思而言，她的名存实亡的婚姻，她的无疾而终的爱情，她的心事浩渺的亲情的焦虑与血脉的不甘，写到底，到了曲终人散落幕之时，我们才明了二小姐的一番心意，都付于断壁残垣。 原来是一部悲情剧啊，怎么会让我们一开始误读成了日常带着喜感的肥皂剧呢。 小青迂回曲折的叙事功夫，的确可以与杂花生树的苏州园林一比高低。

与之相近的叙述法，还有《花儿为什么这样红》，这是一个刚开始读之以为是讲母女之间的亲情之故事，再读之也许是女同学之间的友情故事，但直到最后，生活露出了它远远残酷之故事的一面，母亲强大的神经再也无力与之搏战，而真的是被命运的最后一击——那另一个女孩的意外之死——给逼疯了。 这个三进院式的叙事方式，最后为我们摊开的谜面如此惨烈，仿若那些花儿无知无觉地开，却也在无知无觉地落，一个春天就那样仓促地结束了。 的确，这种从一个母亲的焦虑到一个母亲的惶惑疯狂和心如死灰，写尽了某种批判，也写出了某种悲哀。

范小青在文学界对之的评论认定中从未曾被归入女性主义之列，但是这三部小说无疑都有着女性主义的影子。 身为一个女性作家，她对于女性的人格变化精神成长及其外在环境的关注，不可能不潜在而顽强地存在于她的故事和叙事中。 这的确是这次重读的一个偶得却也重要的发现。

近代研究中国古典园林的第一人童寯先生在其《东南园墅》中，曾言，"游者每探中国园林，甫入门园，徘徊未远，必先事停足。 片刻踌躇实为明智，正因此行犹如探险"。 的确，通行之径，蜿蜒曲折，而风景撒播其间，重叠错落，穿插有致。 如此移步换景的功夫，究其造物之人，必有意味风雅、神采超逸的内功与气韵。

园林如此，小说亦然。

那些听来的、看来的、想起来的，都会成为故事，唯有与生俱来的气质，才会成为一部部小说的韵致。 这就是有时候，我们读小说，读的其实是这个作家——人。 当尘世的繁华在小说的烟幕中一一褪去，还有这一点足够吸引我。

这是一个作家压箱底的东西。

童寯先生在《东南园墅》中写："吾人如何突出苏州，都永不过分，该城拥有大量古典园林，著名与不太知著者，大小总数超出一百座。苏州由此于名城市中，确立无可动摇之地位。"他还同时提醒我们，"于此之外，万切不可忘却，除暴力拆毁，尚有渐微平缓之力，亦即西方景观建筑学。这一当前于中国迅速成为各个学院之时髦课程，正在削弱中国古典园林世代相传却已危如累卵之基础。倘若怠懈放任，由其自生自灭，中国古典园林将如同传统绘画及其他传统艺术，逐渐沦为考古遗迹。诸多精美园林，若不及时采取措施，即将走向湮灭之境。"童先生对于中国园林的偏爱之情让人感念，而他的写于上世纪 80 年代初的提醒也有给人猛击一掌的感觉，当然并不是说西方景观建筑学一无是处，而是说在世界文明中多种不同文化并立同行的路上，不要只顾了观望和习得别人的好，而丢了自己的压箱底的宝藏。

地上的建筑如是。纸上的建筑当然也如是。

在此意义上理解汉语，语言的，结构的，人物的。这纸上建筑的优长的确与众不同。

所以，师夷之长固然可爱，但总的说来，固守并供养曾经供养过自己的文明，也令人研读之下不禁肃然起敬。文学的好，好在还有范小青这样沉静的"建筑师"，让我们在已眼花缭乱的建筑间漫步时，还有一个可发幽思之想的去处。

2020.4.18 北京

图书在版编目（CIP）数据

嫁入豪门/范小青著；何向阳主编. --郑州：河南文艺出版社，2020.7

（百年中篇小说名家经典 / 何向阳总主编）

ISBN 978-7-5559-0832-6

Ⅰ.①嫁… Ⅱ.①范…②何… Ⅲ.①中篇小说-小说集-中国-当代 Ⅳ.①I247.5

中国版本图书馆 CIP 数据核字（2020）第 076566 号

丛书策划	陈 杰　杨彦玲		
本书策划	杨彦玲	责任校对	赵红宙
责任编辑	杨彦玲	责任印制	陈少强
丛书统筹	李亚楠	书籍设计	书籍/设计/工坊 刘运来工作室

嫁入豪门
JIARU HAOMEN

出版发行　河南文艺出版社
本社地址　郑州市郑东新区祥盛街 27 号 C 座 5 楼
邮政编码　450018
承印单位　河南瑞之光印刷股份有限公司
经销单位　新华书店
开　　本　787 毫米×1092 毫米　1/32
印　　张　5.75
字　　数　103 000
版　　次　2020 年 7 月第 1 版
印　　次　2020 年 7 月第 1 次印刷
定　　价　30.00 元

版权所有　盗版必究
图书如有印装错误，请寄回印厂调换。
印厂地址　河南省武陟县产业集聚区东区（詹店镇）泰安路
邮政编码　454950　　电话 0391-2527860